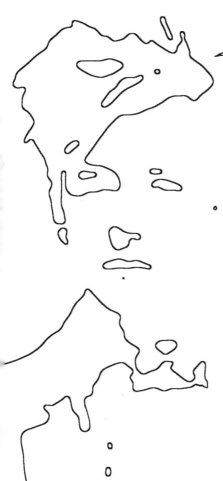

传记式虚构系列
张何之 ◎ 主编

Rimbaud le fils
兰波这小子

Pierre Michon
[法] 皮埃尔·米雄 著
鸷龙 译

华东师范大学出版社
·上海·

华东师范大学出版社六点分社 策划

总　　序

为人物立传自古有之,但传记(biographie)一词至十七世纪方才出现。它源于两个古希腊单词"βιos/bíos"(生活)和"γράφω/gráphô"(书写),指一种依据现实材料记述人物生平事迹的文学体裁。从《圣经》使徒行传、普鲁塔克的《希腊罗马名人传》至盛行于中世纪的圣徒传(hagiographie),尤其是《金色传奇》(*Legenda aurea*),纵观西方传记传统,值得"立传"的生活,乃是共同体中的辉煌"人生"。

古希腊人用两个不同的概念来谈论如今我们所说的生活或人生(vie):"βιos /bíos",指人的生活方式,谋生道路,在古希腊文本中,bíos 一词总伴随着对意义的评价出现,或为光辉的,胜利的,或为失败的,总之,那是一种个人或团体在其所处世界获得了政治/宗教意义的生活;另一个词是"ζωή/Zoé 或 zoï",指存活的朴素事实,与死亡相对。通过书写,帝王、英雄或圣人们的人名和事迹在他们死后被集体的记忆所铭记,同时也塑造并维系着集体的记忆。Bíos的辉煌拯救了zoé的晦暗，而这一超越性的基础恰恰是人终有一死。传记与人生同构，拥有相同的既定结局，可以说，在传记中，是死亡令生活长存。

进入十九世纪，法国作家马塞尔·施沃布（Marcel Schwob）用一本《假想人生》（*Vies imaginaires*）轻轻敲动了传记传统的坚固建筑。如书题所示，二十二篇短篇人物小传不再以事实为唯一依据："传记作者，如同低阶天神，知道如何从芸芸众生之中挑选独具一格之人"（施沃布语）。"天神"（divinité）一词强调了文本的创造性，从此，虚构叙事逐渐入侵传记文体，引发了一场从二十世纪七十年代末开始盛行于法国文坛的传记书写新浪潮：传记式虚构（fictions biographiques）。

不同于传统传记，传记式虚构拒绝了实证主义的遗产，不再力求客观地还原人物生平，转而以"人生"（vies）为体，借助虚构之力，主观地把握传记人物的生活，书写的对象也从名人扩展到普通人。这样的书写承认自身与历史书写的距离，主张向历史讨回"记忆"，而这记忆必然是不完整且主观的。

七十年代末八十年代初的好几部作品彰显了这种新

型传记的想象力：克洛德·路易-孔贝（Claude Louis-Combet）的《马里努斯与玛丽娜》（*Marinus et Marina*）（1979年由弗拉马里翁出版社出版）将五世纪生活在比提尼亚的一位年轻基督徒的传奇传记与作者的精神之旅交织在一起；皮埃尔·米雄（Pierre Michon）的《微渺人生》（*Vies minuscules*）（1984年由伽利玛出版社出版）可谓传记式虚构的奠基之作，作者通过书写他遇到的卑微人物而完成了一种倾斜的、隐秘的精神自传；同年，帕斯卡·基尼亚尔（Pascal Guignard）出版了一本虚构的罗马贵族日记《阿普罗尼亚·阿维蒂亚的黄杨木板》（*Les Tablettes de buis d'Apronenia Avitia*）；1991年，热拉尔·马瑟（Gerard Macé）的《前世》（*Vies antérieures*）面世……

1989年，让-贝特朗·庞塔利斯（Jean-Bertrand Pontalis, 1924—2013）开始在伽利玛出版社主编"自我与他者"（L'Un et l'Autre）系列丛书，推动了传记式虚构作为一种文体的确立和发展。丛书对以"人生"为体裁的书写提出了明确的主张：

> 一段段人生（vies），却像是记忆的发明，想象将

其重塑,激情为之赋灵。主观的叙述,与传统传记相距甚远。

自我与他者:作者和他隐秘的主人公,画家和他的模特。他们之间,有一种亲密而牢固的纽带。在他者的肖像和自画像之间,何处才是界限?

众多自我与他者:有占据舞台中央、光芒四射之人,也有只出现在我们内心场景中的人,一个个人物或地点,一张张被遗忘的面孔,被抹去的名字,消逝的形象。

"记忆""发明"了"人生","他者"描绘着"自我"。这些看似矛盾的概念反映了传记式虚构的特点:它处在变动不居的文体边界上。在小说与叙事之间,自传与传记之间,回响着散文之声。此种模糊性逐渐成为其特色,写作者将不同类型的写作材料揉杂在一起,在事实与虚构的边界反复摸索,来回跳跃。原本仅仅作为文本外部指涉和参考的现实,如今重回文学,成为新型的文学材料。这种材料与视角的不断切换,令传记人物的生命在多重镜像的相互照映下变得深邃,却也断裂,呈现出罗兰·巴特(Roland Barthes)笔下"传记素"(biographème)那种原子式的、流动的特征。同时，这类写作强调了书写主体与传记主人公之间的亲密关系，作者通过把握主人公的人生，迂回地把握自我。如是，在"主体"被结构主义和新批评宣布死刑之后，传记式虚构为作者们提供了一种既可以言说"自我"和"人物"，又不至于落入"客观性"陷阱的方式，通过引入现实，它克服了先锋文学那种局限于纯粹文本游戏的相对主义，重拾文学的"及物性"。此一浪潮发展至今，可以说，在法国，几乎所有的文学形式，从随笔到诗歌，都被一种"传记式的意图"入侵。

从辉煌的"生活/bios"到亲密的"人生/vie"，后者隐藏着一种人类学式的、重建的野心。在认识论揭秘了政治话语与历史书写其虚构本质的今天，传记式虚构为历史提供了可替换的版本，另一种可能性。在"文学"这一概念的庇护下，在文体糅杂所提供的自由空间中，传记式虚构将历史人物、现实人物转变为具有一定虚构视角的人物，重建被共同体记忆所遗忘的生活和细节。圣徒与帝王，寂寂无名之辈，"声名狼藉之人"(福柯，1977)，他们都曾是人生的主体，传记书写将可能的现实和话语交还给他们，在"人生"的句法内重新找回生命的平等性。不再是意义的光辉照亮了众人,而是生命的幽暗本身浮现,构成一种言说诱惑。本套丛书收录的作家与作品,正是传记式虚构的一些代表,他们以各自的方式建立文本,抵抗缺席,抵抗形象的消逝。

张何之

2024 年 5 月 30 日于巴黎

你我之间横亘百年,
现如今,是一片落满雪的田。

——马拉美

阿蒂尔·兰波(Arthur Rimbaud,1854—1891)

目　录

相传维塔莉·兰波,本姓居伊夫 …………………… 1

在所有获奖人中间 ……………………………… 10

也不在邦维尔家 ………………………………… 18

再无踪影的诗人 ………………………………… 29

再谈《圣经》 …………………………………… 41

再回东站 ………………………………………… 61

再说诗人热尔曼·努沃 ………………………… 75

附录　兰波之后,赤子之前 …………………… 91

相传维塔莉·兰波,本姓居伊夫

相传维塔莉·兰波,本姓居伊夫,这农村姑娘和坏女人饱受折磨,烂了心眼,是她生下了阿蒂尔·兰波。大家不知道是她先骂了天、后遭了殃,还是她埋怨非得受罪的命,硬是在厄运里苦苦地熬;破口大骂和苦命如十指相连,大家不知道咒骂和命苦在她心里是不是一回事,能不能相互代替,是不是彼此的由头,可她把生活,把儿子,把她生命里的活人和死人通通揉了个粉碎,用别人一碰就发痒的手碾碎在黑黢黢的指缝里。可人们知道,这女人的丈夫,也就是她儿子的父亲在其子六岁那年,人还活着就成了幽灵,游弋在远方炼狱般的军营,他在那儿只是活一个姓而已。对于当了上尉还轻飘飘的父亲,大家争论,他是不是白费力气在语法书上留下注脚,能不能读懂阿拉伯语,是不是找了个借口抛弃了化身幽灵的老婆。女人想把他裹进自己的阴影里;还有人争论,是不是他的离去让妻子性情大变——这些大家全不知道。他们口中的孩子面前有一方书桌,左边站着那幽灵,右边立着祈祷上苍降祸、饱受灾难摧残的女人。孩子是想象中的学生模样，他迷上了古来有之的作诗游戏。或许，他在十二音步的古老节奏里隐隐听到了远方营地的军号，听见磨难铸成的女人咕哝着的祷告；那女人想张开嘴巴，把平生所受的苦难与折磨喊出口，却像儿子找到诗句那样发现了上帝。跟我们想的一样，孩子在她断续的呐喊里给军号和祈祷许下姻缘，于是年纪轻轻便开始大量作诗，这里写几句拉丁语，那里留几行法语。他的诗句告诉我们，没有什么传说的神迹：它们出自一位生在外省、稍有天赋的少年之手，他的气焰仍未碰到合适的节奏和栖身之所，于是顺着节奏毫发无伤地化为慈悲。后来，少年的怒气绞着慈悲腾到空中，又重重地摔下来，怒火与慈悲互相助长，紧紧地缠在一起，沉重、衰弱，仿佛爆在手里的烟花结结实实地炸成了几瓣——未来这一切都将成为阿蒂尔·兰波名字背后的倚靠。方格本里写得满满当当的诗是初中生写得出来的谱子。大家知道这孩子成天赌气，强堆笑脸肯定不是他的强项，相片便可见一斑。各地信徒集来的照片像小餐包一样摞着，在一张张流转于指尖却丝毫未变的照片里，孩子膝盖上摆着夏勒维尔城里罗萨学校统一发的小军帽，胳膊绑着教士用的布条。他的袖章奇怪得难以形容,过去的妈妈们会在孩子初领圣体的时候,拿这种布条把孩子打扮得奇奇怪怪。往下看,孩子的小手指夹在封面兴许是菜绿色的祈祷经书里,另一只手藏在看不见的军帽帽檐里,他的眼神一如既往,像拧着的拳头,又坏又直地冲着正前方,好似看着摄影师的时候心里憋着一大股怨气。那个年代的摄影师全套着黑色的风帽,他们的手用过去修补未来,做着时间的买卖,孩子在惊慌失措的当口摆出了这副面孔。孩子接下来的人生和他受到的膜拜让我们知道,他外表下掩藏着无边的气焰:倒不是袖章和军帽让他生气,他气的是竟然把袖章和军帽摆在一起。跟大家说的一样,还俗的教士脚下躺着一片影子,那影子的主人正是队长和他身边那位由抗拒和苦难拼凑而成的女人。她抗拒一切,抗拒都是借着神的名头,是神用鞭子抽孩子的灵魂,让他变成了兰波:阴霾并非真人落下的影子,是他书桌两边逼真的小人像。说不定,孩子光是埋怨他俩就耗尽了全身气力,他恨军帽和祷告结合于此的诗句,却打心眼里喜欢诗句对他百般苛求。他为了应付诗的任务才摆出我们眼前这副面孔。这孩子永远一身气呼呼的样子,后面发生了什么,是大家都知道的事情。

恐怕他根本不恨爸妈：怨怼难成佳缘。作诗原本是要送人，在一送一还之间能有人还你一个貌似爱的东西：看，他们两人的手里拿着的不就是婚姻的花环吗？新娘厄运缠身，就算这个女人是苦难投胎，她终究比任何人都更有感受爱的天分，那么，付出爱又有何妨：她跟其他人一样向往着遥不可及的婚礼，不知丈夫知不知情。可她沉沦在祷告里，祈祷注定陷为黑暗，注定要让她用漆黑的手指——因为无法挽救又难被同情的命运已经没过了她的脖子——把那碎成一片片的快乐——因为她一样，她也憋着一口气——做成我们常能见到的送给孩子的礼物，做成鲜花和扯出来的假笑，做成雨果笔下矫揉造作却总归是事实的诗句，让她用手指把爱传递给没有经历过苦难的人，可这一切都与她无关。那花、那笑面，也跟其他一样，她要通通撕开：她不喜欢这个酷似自己的儿子，哪怕我们什么都不了解，仍能明白她不喜欢的其实是自己。她只怜爱身体里没有刻度却能吞噬万物的井，全部心思都用来在黑暗中摸索井壁，想要探到井底，好能望一眼开在边栏下的小花。为此，要作出更让她心痛的让步才行。她的儿子向来只知鲜花，不会摆表情。他打好领带，裤子平平整整，一副小大人的样子，嘴巴嘟成樱桃大小,为子之道的刻意好似在雨果笔下。然而这些全不及她的心意,大小细节一个不行,所以通通被她两根黑黢黢的手指碾成碎片,最终散落到井里。儿子为了排解别人难体会的愁绪,找到跟她差不多的出路,学会了摆弄其他人不玩的小玩意——自编自创的祷告。她读不懂含韵的语言写成的长诗,但靠着这一首首参不透的诗作,她体会到一种东西,像井那么深,如手指般坚韧,预示着来势汹汹的感情。这种感情忘记了初衷,超越了效果,是一种没有回应的爱。她所读到的东西像是被阴森森的余音包裹着的教堂,散发着刑棍和幽室的气味。孩子把没有内容的语言包成新年的礼物,一篇篇长长的拉丁语习作写的是在死语言中消失的朱古达、赫丘利和队长。在冗长的文字里,有鸽子腾飞,有六月清晨,有军号的声音,落在纸上的时候全被写进了昏暗的语言里。这语言来自十二月,起笔、落笔呈现出诗句的姿态,仿佛两条页边夹着含着墨水的浅井,每翻一页就会掉进另一口井的井底。读到这些诗的时候,她也许能稍稍开点心,嘴上说不出什么,却在诗里认出了自己。在夏勒维尔城某个餐厅,桌边的孩子朝她抬起头,盯着张开的嘴看了好一会儿,妈妈好似很吃惊,像是起了敬意,又带着妒心,她的手忧心忡忡地停下了。这降临灾祸的源头逐渐干枯,慢慢趋于平静,仿佛她在读不懂的语言里化身比自己更强壮的挖井人,义无反顾地向更深处开掘。挖井人就是她的主人,在某种程度上解救了她。于是乎,她摸了摸儿子的头——这个动作她倒真能做得出来,不管怎么说,摸摸头也算得上回礼吧。之前几次,孩子放声读起为参加省城比赛专门创作、摹仿维吉尔作品的诗作初稿。我们能想象出,跟在圣西尔为皇帝读诗的姑娘们一样,孩子读诗给母亲听,可妈妈是农村长大的,她像国王一样正襟危坐,心里揣满了惊愕,却没给他留一丝情面,脸上装出顽固与不屑,她就这样端坐在高高在上的姿态里。他做完祷告,带着皇帝的神采走到她面前,活像布里埃纳军校里的小拿破仑,神采焕发,整天接受众人仰慕,转头被大家私下取笑;孩子让人隐隐畏惧,不过可以肯定,母俩在那一刻比两人心里想的走得更近。但他们远远地望着彼此,坐在宝座上连挪一步都不愿意,像盘踞在两个遥远都城的君主,只靠书信维系往来。所以在他小的时候,他读诗、妈妈听,他读、她听是我能确定的事情。跟别人献一束花、被妈妈亲一口、爸爸在旁微笑注视一样,两人以此作为给对方的礼物;爸爸也在他们身边,母子二人在空洞的语言里听到了迷途的军号声。是啊,难以泯然众人的这两位坐在夏勒维尔城的餐厅里,蹭了蹭彼此,交给对方一种类似爱的东西;他们交换爱意要通过悬在空中、带着韵律的语言。空中朝吊灯飞去的语言突然开始狂舞,他们两人——不论是站着,还是僵硬地倚着桌子——摆出了同一副表情。

大家也许提到过摄像师前孩子的神情,可谁都不认识的维塔莉·兰波,那些头蒙在黑布罩下的摄影师没有一位捕捉到她的神采——这些事,大家早说光了。被说得大差不差的还有一位:他应该也不怎么爱开玩笑,哪怕没有出现在饭局,他不在场的影子见证了餐厅里这席言语流转。大家把军队长描述了个七七八八,目前看来,他没有留下任何照片。不需要怀疑,镜头前的他会站在士官中间摆出一副炼狱塑像的姿态,用两根手指慢慢地将着高级士官才能蓄的胡须,或是在玩牌的时候留一只手搭在军刀上——大概只有在这个时候,他才能想起小阿蒂尔。他想起阿蒂尔躺在阿登的粮仓,躺在已经发黄的墨汁上;已经一百年没人发现他的踪影了;就在这时,背后突然传来军号,可大家老是听不见那号声。总有一天,信徒们会找到他的照片,你对着照片遐思若梦,你看到了随时待命的手,它大概在顺着胡须,可你不知道他正想着什么。而此时此刻,你连他的脸都认不出来。

  不过,孩子的另一群亲人是大家熟悉的。在画家一只手蘸着用土壤做的颜料跟时间做交易的年代,在黑头套手中的魔术盒尚未用到银盐的时候,甚至远在肖像画出现之前,他们就留下了照片。因为大家知道,血脉之外的先辈给了孩子生命,是他们一直守护在孩子身旁。不仅相片上如此,先辈们跟难以相处的母亲一样随叫随到,听候命运的安排,说到底是因为他们绝不像爸爸,阴魂留在孩子身边散不干净。这些人的名字更响亮,比起着急出门、匆匆落下贝舍雷勒语法书的父亲,封面刻着名字的大部头是他们名气的证明。归队的命令如此沉重,可它在语法书的页边、在考据文辞的批注和蝇腿般的手书中又那么微弱;父亲没有随身带走上面写着家姓兰波的语法书,倒是拿走了印着贝舍雷勒兄弟名字的那本。是啊,跟这队长和队长夫人没有半点远亲关系的他们,如同七颗黯淡的星星,无法抗衡日月的光辉。来势汹汹的他们是诗坛先辈,是大家口中的灯塔,是入夜后低垂在学校上方的远星——马勒布、拉辛、雨果、波德莱尔和小邦维尔。他们大抵循着这个顺序,一个脱胎于上一个,生下另一个,不断地延伸着经典的血脉。这群人盘活了一对又一对十二音步,相仿又各异的他们从十二音步里走来,好似音韵律棍上的光环闪闪发光,正是细微的改与变刻下了他们的名字。绵长的谱系往上可以追溯到维吉尔,但维吉尔不用十二音步,贵为长者和奠基人的他可以不拘音格。这些名字超越维吉尔,超越荷马,把上溯的锚落在了不能用语言表达的名字里。为了延续血脉,人人皆有破格的自由。为了孕育同样的人,他们不亲近女人,不招惹祈神落难的女子,但他们在缄默的厚诗集里发出的声音,比祈求上苍发难的女人更响亮。这群人的最后一代把祖先供在面前的小书桌上:孩子不确定能不能成为他们中的一员,但他早就是一分子,这么说是因为他那么诚心地尊奉先人,然而,那颗心里装的不单是崇拜,正是同一颗心生出了怨恨先辈的情绪:老家伙们夹在他与不能说出口的名字中间,可他们太沉了。大家知道,孩子最终超越他们,走到这条路的尽头,给先辈当起了老师——他砸断了音步的律棒,两次三下把脸也摔了个稀巴烂。

在所有获奖人中间

拿过奖的人顶着十七世纪的假发，蓄着一八三〇年时兴的胡须样式，这其中能数得出拉辛、雨果和其他大师。有些人头戴精美的睡帽，他们自诩诗人、以诗为生，把大师的半身像摆在钢琴上，塑像前掩着一大把芍药。年轻造作的可怜鬼也要自诩诗人、以诗为生，阁楼的老虎窗两边挂着大师们的石版画像，是他们花两分钱换来的。从铜和木头铸成的画像中间突然走到我们眼前的，正是独有一番声名的诗人乔治·伊藏巴尔。只有缪斯才能糊弄他：伊藏巴尔没能在星朗之夜冉冉升起，没能凭着音律大师们的理论发迹，没人给他塑半身像，所以他缩在幽深处，十二音步辜负了他。伊藏巴尔为十二音步献出一生，音韵的律棍只爱自己欣赏的人。他在年少时一样幻想成为莎士比亚：一八七〇年的春天，在中学生能看见窗外栗树开花的那间教室，在他二十二岁那年，一切停下了脚步。只有伊藏巴尔，只有他能透过窗子看到长凳上面的兰波长成了兰波。诗人伊藏巴尔永远稳坐夏勒维尔中学的修辞课讲席。他永远二十二岁,漫长的生命对他来说不值一提,倘若从时间里回望,他后来写的、出的诗集像是在把尿撒在小提琴里,尽是无用功。但他,是课堂上唯一的青年男性。相片挂在教室,不大,一面纸都占不满,就贴在相册第一页。倘若旧时代能够发明出照相的新技术,伊藏巴尔会更像如今模糊了的先驱们,其实,他是配角,是无关紧要的同道人,连施洗约翰和木匠约瑟夫都算不上;这么说吧,故事中的他只能配得上约瑟夫作坊里最厉害的伙计,就是教会圣子怎么拿长刨的人,但前后几本《福音书》连提都没提到这个人。长刨于他好比法语诗歌的十二音步,不仅有马勒布传下来的本事,还有刚刚出炉的手艺,伊藏巴尔说高蹈派的技巧是他发现的。那位初中生谱出的诗句已经抛弃了"请众同祷"的空洞语言;先人留下的工具被孩子摆弄起来毫不碍手,可这玩意是从维庸到科佩、一个传给下一个的宝贝,正是法语里的机巧。意义在他写下的诗句里从不遮掩,竟然直接出现:他本可以用邪恶仙女的语言为她奉上长诗,而非十二月晦涩的方言,要是用六月的语言写诗,他定能和邪恶仙女平起平坐。而他没这么做,长诗显然不是为她而作:他已长成大男孩,不再拽着母亲的裙角。当他在餐厅的吊灯下读出这些诗句的时候,爱就会带着清晰的意义迸射出来,他就会跪倒在她面前的地上,像刚出生的婴儿咿咿呀呀地喊,第一个半句刚念完,新生儿的眼泪就掐断了他的喉咙。如果她清楚地感受到此中的含义,便会高兴地把他举起来、摆到腿上,给他擦擦鼻子,摸摸他,给他慰藉。她大概能收获零星的安慰:他作诗不是为了讨安慰,作诗是让她闭嘴。人说在伊藏巴尔的王朝里,眼睛可见的诗谱变成了作品,化成了吃人的怪物:孩子不屑念诗给老皇后听,因为他的怒火越烧越旺,火焰想要生吞东西,感觉自己长出翅膀,踩上七里高的靴子,想与另一番气度的国王试比高下。少年想把他们一个个比下去,无情地在国王们脚下掘出口口深井,让他们烂在里面。这刚开始,兰波就拿伊藏巴尔试刀。

可他,他喜欢伊藏巴尔;但作品,作品不仅不喜欢伊藏巴尔,还要拿他喂自己。

说不定饱受灾祸的女人全都明白,她不能提,该讲出口的伊藏巴尔也没说。刚从高师毕业的伊藏巴尔面相柔和、风度翩翩,戴夹鼻眼镜,嘴唇稍稍有些颤抖,蓄着的头发不算太长,拥护共和的他也只字未提。二十二岁那年,摄影术用银盐留下了他的容貌,腼腆却勇敢的他身上别有一种持重。哎,诗人伊藏巴尔真是什么都拎不清:一八七〇年开学返校的时候,他从栗子树下穿过庭院,看到一小群帽子在教室前等他,小帽子们温吞吞地站起身,鼻尖朝着晴朗的天。除了伊藏巴尔,谁都不知道那是一种怎样的蔚蓝——无论如何,那蓝色没有任何恶意。无论他勇敢还是怯懦,他都不愿看见藏在毫无瑕疵的蔚蓝背后的招魂旗,那面亡灵之旗是他们一手撑起的信念,他知道,蔚蓝不过是为了盖住灵幡,伪装出凯旋的样子。如果没有招魂旗,蓝不过是一罐颜料,抑或名贵的天青石而已。伊藏巴尔说得上爱诗歌、爱做诗,但方式跟热衷狩猎、喜欢钻研讲狩猎的书、熟读用羽毛和鲜血凑出来的秋天美文的人一样,跟热衷于高谈皇家犬猎和猎鹰的人一样,森林里响起的号角对他们来说胜似天使降临。突然,野兔蹿到他们脚下,警觉的耳朵暴露了情绪,即便他们端着枪,双手还是会不住地颤抖,于是眼睛一闭,把子弹打向其他地方。待到回家的时候,他们一定会总结道:打猎可真太有趣了啊。伊藏巴尔也觉得打猎有意思,却不愿错杀任何人。若你在课后走进班级,在他的祷告声里落座,问他眼中的诗歌是什么样子,他兴许会脸红,神情慌乱地摘下眼镜,急忙用高师学生专用的手帕擦一擦汗,他没敢看你,眼神瞥向窗外,惶恐中给自己壮胆。他告诉你,诗歌是个要交心的话题,因为诗歌把语言装扮成新娘,自波德莱尔开始,新娘已经画好眼睛,脸上的麻子还露在外面,焕发的容光硬是把她扮成上流社会的妓女——再怎么讲都不可能是村姑,脸上长个窟窿,舌头在窟窿里没数地颤抖打转。诗歌好,他认为诗歌是好事,诗歌事关共和国,写诗能拿奖,诗歌跟色当会战和大屠杀绝不能相提并论。他觉得,自己的任务是要破除坏了心眼的怪才们设下的重重障碍,这些障碍势必危及诗歌,它们跟袖章和军帽一样,都是煽动人的东西。伊藏巴尔倒说,华丽和俗气的拙笔不妨碍当上诗人,唯独需要掌握的,是孩子般的想象力、韵律的规则和无拘无束的自由。你说不定会教他韵律的规则,其他两个,你对任何人都有保留。非也,他这番话会点燃你的愤怒,你感觉伸到小书桌下的腿特别局促,窗户后面的叶丛高处开出了花,看到花朵让你开心,但连开了的心都会因他的话而紧张起来。你反对他,说作诗不可能是好事,因为我们的祖先来到这片花园时一言不发,学着扇着翅膀的信使,用蜜蜂的方式交流花的讯息,等到天使指出门的位置,他们才松一松舌根。你反对他,说在人堕落之后、在物质失去声音之后才有了语言,你说诗歌是语言的语言,同样会堕入万物之井,说不定它堕落的速度还会翻倍;你说语言在疯狂复制的过程中无法爆发出力量、不能向上攀升,如果它爬不上井口围栏就会跌得更深,从高处跌落正是那无拘无束的自由。那一刻的你犹豫不决,不停搜刮接下来的措辞,心里什么都没想好,勇气和慌张同时填满了你的心。这个时候,伊藏巴尔有模有样地叠好高师学生用的手帕,重新戴上夹鼻眼镜,带着不易察觉的表情打量你,一边清嗓子,一边冷冰冰地问你是做什么的。轮到你回答的时候,你臊红了脸,转头去看夜幕下的栗子树,提起了色当战役。

到你嘴边的其实不是色当的事儿。兴许你三个月、六个月前就坐进了课堂,彼时的色当依旧是阿登的军营,尚未成为一记历史的重拳。你会搬出索尔弗利诺和塞瓦斯托波尔,说这些打打杀杀不知从哪里来的,你这么做不过是想告诉伊藏巴尔,恶是外面的恶,不在马勒布和拿破仑三世身上,更不在语言和反常的举动里。恶行昭昭然,等到统领战争的邪恶仙女身边飞来一群乌鸦,直到她在丧了命的士兵身上翩翩起舞,一切再难回头了。你只想迎合伊藏巴尔,说邪恶藏在袖章和军帽里;诗歌是仙女,怎会是邪恶呢?伊藏巴尔这才放下心——不是对诗歌放心,是对你卸下防备——他转身送你出门,换上高师子弟的仪态跟你作别,话语里装点三两拉丁兮兮的词汇。你接过拉丁气味的话茬告了辞、走到一边,言语里满是尊敬。世界的持存全因伊藏巴尔那批人,这群古老的物种为了心中的善不懈抗争。对他们来说,恶在别处,离我们很近,虽然它在外面的世界里无处不在,却总有弥补的办法。那年二十二岁的他以为,邪恶仙女——这次,我想说她就是维塔莉·兰波——是诗的对立面,她才是诗的阻碍,滥用散文、曲解儿子的自由诗是她的罪名,所以他要帮助阿蒂尔挣脱这一切。他要捍卫法语诗的未来,只要过时的诗法一天不消失,这么做就不会有错——不能用他想当然的那种方式。妈妈总被儿子赶出自己的精神世界,被排挤、被嘲笑的她像被全世界抛弃、否认,于是,母亲从可见的造物中遁了形,完完全全地躲进了儿子的身体,两只手提着裙边在他心里蹦来跳去。她待在我们身上这间从未打开过的昏暗幽室里,那幽室就算我们走进去也看不清。她在这儿见到了队长,军官来了有好一会儿,手里拿着军刀和筒帽;但她比军官闹出的动静更大。这些事常有,只以诗为证的阿蒂尔·兰波不常有。之前说到的黢黑手指这回在儿子身体里摸摸索索,它们一根又一根地被捆在儿子身上,锁在儿子的身体里,像那最美的诗句两行两行地穿成一串又一串。是啊,一八七二年前后,有个女人讴歌一番绵延百年的亚历山大体,随后义无反顾地将它摧毁,悲伤的女人在孩子的身体里挠着墙壁、撞来撞去,后来疯了。

或许事过之后伊藏巴尔才能隐约明白,这些都不在他的能力范围内。再到一年以后兰波嘲笑他、疏远他,把大师们的书变卖到跳蚤市场、堆进储藏室的时候,伊藏巴尔就会知道:诗就是恶。他满心以为自己能杀死年迈的母羊,未曾想过她懂作诗,还顺手把他宰了、撑成一张皮。他不可能看不到这一切,又不能承认:这大概就是伊藏巴尔永无用武之地的原因吧。他的地位如何不关我们的事情。现在,我们可以离开教室了,重新戴上礼帽,外面的孩子们都看着你呢。当你经过栗子树下、走到孩子面前,他们以为你是督学,纷纷摘下小小的筒帽,有人给你使了个眼色,堂而皇之地抬起鼻子,帽子纹丝不动地扣在头上。没有什么东西比他头上五月的栗子树更美好了。伊藏巴尔立在门口,背后的修辞教室灯暗了下去,他看着夜的影子,你抬腿迈了进去,化成那个影子。他心里冒出一句拉丁语。你连头都没回,要找的东西不在伊藏巴尔这里。

也不在邦维尔家

你要找的也不在邦维尔这里。

同样出现在这段故事里的邦维尔出场比伊藏巴尔晚不了太久,因为我们知道,在出版商勒麦尔的悉心关照下,兰波把倾注全部心血的诗句寄给了邦维尔,它们是当时最能拿得出手、呈给学院诗人的作品了。兰波不再满足于获奖带来的成功:荣誉草草应付完任务,它们催着怒火燃烧的心长出志气,教给兰波一种捉摸不透的本领。这本领究竟是装腔作势,是勤勉,还是上天的启示,抑或三者兼备——反正大家管它叫天才,这种超自然的品质不会自己显露,不会出现在凡人头顶,更不会长在鲜活、可见的身体里。它不是光环,不是生命,亦非美,更不能让人返老还童,却体现在细微里、在局部中:白纸上用黑色密文写下的诗句长短错落,它们完美的样子足以让人瞥见什么是天才。大家知道这些诗句常有瑕疵,其实,他们不确定诗够不够完美,但对读这些诗的我们来说,如果小时候听别人说这些诗是完美的,那我们会把结论传给下一代,以此下去没有尽头。作诗的人更不明白,他甚至比我们知道的还少,只有在给十二音步配对的时候才发现,根根律棍的卯和榫配在一起,竟没有任何差池,钳口发出的声音让他更加坚定地认为——这就是完美。再次工好诗句的时候,他突然开始打摆子,因为他发现夹在钳口中的竟然是诗人自己,律棍把他抵在虎口,不管他像雨果元帅那样安放了一根又一根音韵的律棍,还是像鲨鱼一样兴奋地张开大嘴,吐出为自己而作的诗句,他竟忘记了诗该怎么写。坐在桌前的他像老鼠一样哆哆嗦嗦,出门的时候,满心希望别人看到他头上的光环,希望别人亲口告诉他头上有光环——他自己看不见。兰波想确认自己的天分,这位深居阿登的小男子汉总是脸色阴沉,心中回荡着清晰又激烈的愿望,那愿望是纯粹的爱——愿望和爱混在一起,像古老的神学那样繁复却匀称——他是这场对抗的标志,是这个拜占庭式的结。大家不知道是野心在先,孕育了天分,辛辛苦苦地诞下天才;还是反过来,天才于神迹中展开翅膀,发觉自己投下影子,又看见有人追着影子跑。从那时起,他像玩偶一样自命不凡地爱上了影子,想让它增长,却遭了下地狱的刑罚。

　　不,大家不知道那奇迹是神圣还是邪恶。大家不知道太初是不是先有道,那道,是制服笔挺的区长在典礼的舞台上递到你手中的那一捆绑着绶带的书。不论是夏勒维尔、拔摩岛还是根西岛,"道"所及之处都不是栖身之所。他们弄不明白那"道"是不是出现在局部、出现在奖章里,在那个七月,省城摆着盆栽、挂着旗子的中学礼堂里,大家翘首盼望着颁奖典礼——天分确实存在,这个词就在语言中,只不过被用滥了而已。天才可能并不存在,尽管如此,诗人们还是希望大家把这不存在作为回馈自己的褒奖。最老的一批诗人渴望别人的抚慰,能犒赏他们的,有讲席、有穹顶、有众人在他们面前脱帽致敬。倘是不幸落难到根西岛又丢了读者,他们便隔空召唤莎士比亚、莫扎特和维吉尔,这些人像老父亲横渡海洋,用大海的小手给他们慰藉——若是碰上恶劣天气,他们会用大手为你遮风挡雨。倚着旋转立桌的"长者"穿着红背心,把灰色小岛的日子活成了第一人称的《爱尔纳尼》:他突然站定,听见剧场里《爱尔纳尼》的声音。小辈们出于礼貌和相互的关系,或许还因为他们的信念里掺杂着只有他们才懂的预言,所以害怕看见一个个瘆人的先兆,这些先兆预示着他们只能卡在凡人和神之间不上不下。所以他们干等着,等那些有名头的诗人,就是那些名字或多或少、在某个情境里和"天才"一词打过照面的人,等他们把头上大家都知道有、可谁都看不见的光环分给年轻人。光环的交接好似接穗,从最老的一直传给最年轻的人,不管是兰波还是圣约翰,这光环偷是偷不来的,只能由老人给:兰波想请邦维尔帮一次小忙,助他实现这番宏伟的计划。

我们再也不提邦维尔了,他跟伊藏巴尔一样没什么能耐。邦维尔没能像伊藏巴尔的影子那样,体验过保持神秘与人生失意带来的好处,他甚至被剥夺了存在的权力。如果大家信得过诗选里摘录的片段(没人愿意从头到尾读整本的诗选,要有,也只能是个自学成才的老人家,这位来自杜埃或孔福朗的莱奥托走出图书馆,见到随身听和摩托车就开骂;最理想的情况是有位田间长大的姑娘,六月学校放假,她爬到谷仓,没有对象的爱与自由无边的感觉打开她的心扉;在这谷仓里,她在奶奶辈穿的套裙堆里翻到了一本《卡里埃女人像柱》,落款是泰奥多尔·德·邦维尔,她坐在椴树下翻着诗集,一个人读到天色向晚),我们若相信诗选里千篇一律的片段,照理说是最上乘的作品,然而选出来的诗段仍那么单薄,可见邦维尔并非一骑绝尘——起码现在看来,他并不突出,只是在世的时候显得出彩;无论是波德莱尔还是你,无论是我还是圣伯夫,兰波和兰波后人中间总会有人在文人为何无用的问题上栽跟头。大家从未读过邦维尔的诗,充其量是把亘古不变的选篇凑在一起。至于诗里的酒神巴克斯,生活在林子里的奶奶还以为是将将微醺的孙子,他诗里雅典少女的双眼如紫罗兰更是没人知道,雅典少女各有各的美,站得笔挺,裙子不怎么显臀。没人读邦维尔,但大家看过别人写的书,知道邦维尔属于烂漫早慧的才子,他在襁褓里立下鸿志,成长在纯粹的爱里,脚上套着七里高的靴子。大家知道拿破仑出身阿雅克修,兰波出身夏勒维尔,同样知道邦维尔出身小城穆兰;知道他心中的愿望非常强烈,知道他想告别诗坛的老一套,鼓足勇气在巴黎推出诗集《卡里埃女人像柱》,没人想过,这些诗竟出自一位少年之手,诗人当年只有十八岁。是啊,大家知道波德莱尔器重他、与他来往,两人好比夏多布里昂和福楼拜,邦维尔说波德莱尔比败类高尚,把他踢出了现代败类的队伍。大家知道他跟臃肿的玛丽·多布兰睡到一个床头,多布兰是波德莱尔的心头好,用他的话说,睡在多布兰身边就是贵族身份的证明,这可不是算命人讲的套话。大家知道从那之后,他跟波德莱尔互生怨恨,许久之后,邦维尔这位翩翩君子和大善人驰函某位大臣,这封请愿信让出身布鲁塞尔的潦倒妇人领到了生活费,能够请人好好地刷刷衣服,雇上亲近的人把饭喂到老人嘴边,还能考虑置办一条裙子,唱赞美诗的时候夹带"他妈的",完全不用担忧第二天的生计。这才是贵族的证明。大家读过纪德的坏语言才明白,邦维尔连批评都那么客气,读起来像在吃绵绵的果酱。大家又从蒙多尔医生那里知道,回旋曲、重复回旋曲、抒情小诗、两韵短诗、田园短诗、皇家诗歌,这些后来女人爱把玩的短诗体格外受他宠爱,在他笔下活了过来。大家通过马拉美知道,"他不是一个人,是诗才的化身",知道他其实谁都不是,爱扮成体面的富人和成功诗人,去行人最爱的卢森堡公园散步。他带着贪婪的眼神立在那,盯着不远处先贤祠的穹顶,将信将疑地觉得,既然自己抚平了一对又一对十二音步,总有一天会轮到自己躺在那里,庇护英灵的穹顶可不就是行人头顶六月的树叶。当然,他的野心总体上说很克制,所以他当不了兰波;不过成不了兰波的不止他一个。听过他说话的安托南·普鲁斯特还让大家知道了他的声音在白天听起来是什么样子,他的嗓音像音乐,很悦耳,跟马拉美的声音一样像长笛,调子有点高。邦维尔捏着高调子告诉别人:"我是抒情诗人,活在自己抒的情里"——大家想象他模样的时候把这些拼在一起,尖尖的嗓音,温顺的宣言里半点糊涂半点憨,又夹杂着似是而非的冷峻,他出落得跟卢森堡公园里大步流星的拿破仑三世一样,眼里只有穹顶:实际上,邦维尔指一类人,我们见过不下一百个邦维尔。最后,我们难得通过魏尔伦知道,邦维尔长得极像华托笔下的《吉尔》,分不清的人会以为在巴黎转悠的是吉尔——他长得像华托画画的模特、马恩河畔诺让省的神甫夏尔·卡罗,不过没人敢冒着风险弄岔这两位,因为一七二一年之后,华托的模特先生再也没踏进卢森堡公园半步,一直待在马恩河畔的泥灰土里哪儿都不去。邦维尔跟吉尔一样长了个屡屡伤风的红鼻子,脸上经常露出孩子哭出来前怔住的神态,或许是因为他的心太老了。银盐倒是活像变形虫,本本分分地造出了该有的影像,在底板上面完美地伸展出模特们的样子。它们就在我眼皮底下,在兰波相簿的第三十九页造出了影,在这一点上,银盐肯定跟魏尔伦先生一条心。

华托画里的吉尔总写些新古典主义的无聊文字,再不济,今天也被冠上了"新古典主义"的名头。你当过诗人,之前是诗歌青年,没能不折不扣地成为兰波,却又差不了太多;若你身处这个年代,同样会厌倦诗坛的老一套,走到圣日耳曼大道拐角的地方,你的心怦怦直跳,旋即取道比西路,邦维尔就住在那里。你口袋里揣着在杜埃、也许是孔福朗收到的信,上面写着他鼓励你的话,文静、客气,读起来像品尝一缕一缕的果酱。推开比西路十号边上马车通行的侧门时,你一定瞥见自己的手在抖。幽深的内庭里空气清爽,弥漫着城市窸窸窣窣的声音,像从远方传来,像是幽灵,让你犹豫了好一会儿。你迟疑,朝天上看去,见伟大诗人的宅子开着一面面默不作声的窗户,再往高处,你又发现了六月的窗——时值六月,诗人的宝座稳扎在屋顶,你瞧见了它的四条腿。与六月一起来的还有无聊的诗,它一下子落在你头顶;无聊的诗坐在你腿上,把你压得直喘粗气。若以六月的天为鉴,你写的六月可谓拙劣。单从语言来讲,你那套了一层密码的语言连六月的影子都没找到,像是大写的"意义",吊在高处,不服管教,又像一垛颤颤巍巍、拿不完的牌,在这里造出了意义。造出来的不是意义,是意义的游戏;从语言的角度看,意义的游戏貌似意义,再从同一个角度说,你的诗什么都摸不到。它们离真那么远,笔力如此微弱,写不出你是谁,更读不出饱受折磨的空,而饱受折磨的空就是你。它们不过是纯粹的祷告，没一点多余。是啊，臃肿难以在诗里取胜，六月、语言和你都不行。于是你逃，来到奥斯特利茨车站，放下谈诗的负累，才发现夜色中的火车竟然那么美。

或许走进院子，你就逃不掉了：高处有六月麻雀飞过；你心里轻轻地背了一句大家都说完美的诗句，他们称赞完美，是因为他们刻板地认为不能兼顾六月、由衷的苦闷和语言本身，所以，他们定在这个不可能里止步不前，扯着大嗓门，见谁都夸。说你的诗有波德莱尔的风范；说这说那，聊麻雀，讲波德莱尔，他们轻轻地告诉你，骗人、出产没用的诗歌不含一种勇气。你们这才饶过彼此。你也原谅邦维尔，他不过是个活人，写不出六月才选了语言，硬生生把自己埋在语言里，又在语言中化成诗兴之声，可在此之后，人便不再是人了。大家不惧诗才，是怕人而已；你使尽全力，用未经沧桑的双腿支撑自己，敲开了泰奥多尔·德·邦维尔家的门。

（两个人从我这个角度都能看到，诗人桌前摆着一大瓶好似芍药又似绣球的花，你们分立两边：那头是不能言状的声音，它脸上搽着白色的粉，这头是你。你大概不会说漏嘴，讲这次来是想要拿花穗，这花穗是诗的金穗，它是许可,准许你戴着诗的假牙吃饭,允许你啐痰到吃的东西里,它能给你发一张没填名字的证书,去穹顶、根西还是哈拉尔,通通由你定。邦维尔不会告诉你,他已经准备把这金穗传给你:因为这事这么做自不必说,不过嘴上总要念叨点别的事情。所以你接过话,我听见你说话的声音。邦维尔侃侃而谈,他说,相比我们的欲望和心,句法和韵律更能体现形式和真理,他谈到拿文字行乐,摆出启蒙哲人的架子,端出才子的把式,本来就细的嗓音越说越尖——只见你,那一大捆芍药花掩住了你半个身子,我看到你的红脸赛过芍药,牙关紧锁又故作镇定,我看见你一遍遍在心里重温那个传说,它讲意义,讲通过语言获得救赎,讲语言在其中显现的上帝。它说正因邦维尔和他的同侪,上帝无法出现在语言中,只剩下千千万以语言为理想的空话,还有红马甲摆出的姿势和安放的心。要不然一切跟我说的相反,你想讨好邦维尔,不想辜负他对你过去十八年的期待,怒火让你腾地站起身,打住了长篇大论的他,双手高高地举起那颗心。不羁的你如此年轻,感觉翅膀刚一抽开,孔福朗的西服就被挣断了线;可邦维尔呢,翩翩王子摆出望见你翅膀的样子。他微微笑。告诉你,你这副样子让他想起了二十岁的布瓦耶和波德莱尔:

你听到这些话的时候才明白,邦维尔从这一大束芍药上面递给你那金枝,别人都没看见,你身子抬都没抬就一把抓住,现在被你揣到口袋里了。

你的心这时候那么平静,那么有力量,对未来有那样的奢望:都因为你不是阿蒂尔·兰波。)

再无踪影的诗人

这位如今没了踪影的诗人收到稚嫩的兰波寄来的两封信。兰波在我们身上留下的影子,堪比但丁的小软帽投射在意大利语和维吉尔桂冠上的阴影——畏首畏尾的文人们向来短浅,还放不下执念。邦维尔读到信,预感五十里之外的阿登出了一位于连·索莱尔,这一回,他的感觉没错。一封封信是青年诗人为他人设下的小圈套,所谓"他人"只有一位;写信是想掌控他人,再把他揣进兜里,兰波正是捉鸟雀的高手。他的一行行诗嘴巴张得更大,它们想抓到的猎物甚至连语言都没法儿描述。一首首诗附在解释和说明的信里,邦维尔从中读出了别样的感觉,他预感这位青年跟拉斯蒂涅和索莱尔很不一样,就算邦维尔过气了、只配戴着睡帽,哪怕眼神和思维永远臣服于不远处的穹顶,他再怎么讲也晓得如何像扣好袖扣那样工整地对好两行诗,知道怎样用两行诗张开的钳口把人卡在里面——这些事情他都干了一辈子。年轻的诗人有天赋、懂技巧、有雨果的气象,邦维尔从他烁金的诗句里听出了另一组韵,它更阴郁,更不为凑韵的人所熟悉,不住地嘲笑借他打鸣、把它弄得咯咯直响的蠢材。这组韵律的新生循着古老的方法,每一组都能把六月、语言和自己化在一起——只有少数人用它才能谱出音乐的声音:那音乐是仅仅由三四个音符组成的短谱子,却一副威仪,每次重复、变幻组合的时候露出蛮横的神态。大家说,让这些韵律千变与万化方能成为大诗人。这谱子、这歌、这君临的仪态打乱了凑韵为生的人心中的计划,站在他的位置,替他做从韵头到韵脚的决定。可能我们只有这样,才会在醒来的时候以为自己变成于连·索莱尔。年岁过半便不由自主地凑出些许东西,跟但丁的软帽一样可笑(我们推出这部薄薄的书,等待面世的时候为它想出《恶之花》的标题,而这本书只是我们征服巴黎路上不起眼的一根路杆)。整个下午,我们干等着作品把自己送上王座,可连怎么当国王都不知道;于是在夜幕降临的时候,我们在布鲁塞尔的某个小旅馆里喋喋不休地骂着"他妈的",连轴转让自己筋疲力尽,躺下的时候满心以为自己一直是于连·索莱尔。直到死去还笃定自己就是于连,不管到底有没有写出《恶之花》。正是迷途的抱负才能铸就伟大的诗人;邦维尔的血与肉与它相遇不止一次,他甚至轻轻地说给枕边的玛丽·多布兰听。正是为了这迷途的抱负,他才去信恳求大臣,求他施舍一笔救穷的钱——所以碰到如此的野心展露,他能一眼就望穿。他在兰波的诗句里全都读到了。我们相信邦维尔读到了,是因为我们是兰波的信徒;可有时候又会冒出质疑,心想这音乐也没那么明显,说不定,是我们祈祷的声音太大牵出来的动静,它既不是神的声音,也不是聚在夏勒维尔的缪斯女神们奏响的音乐,更谈不上天才一说。我们膜拜这些谱子前后持续一个世纪,才在纸上落下音符。那又何妨,习惯终成自然:它也许只是短歌一首,竟如同《赞美颂》里的管风琴,久久回荡在我们心间。

我们虔诚地以为,邦维尔听到的也是《赞美颂》,他在初中生的诗里听到的,大概是远方传来的邪恶仙女在他心里扑腾的动静。在初中生写下的诗句里,名叫卡拉波斯的邪仙再次回到婚礼当天,他们的婚姻可谓军号配祈祷的绝美亲事。在初中生的笔下,这一出荒唐的乡间闹剧硬是被夸张成庄重的大弥撒,亲朋们赞美新人的话说出口的时候清清亮亮,却如同被罩上了道袍,愣是让人听不出此中的美意。如果非要用老式的画面描述这个场景,那么我们应该去那时的教理课堂,而不是跑去问已变成家规的祖辈故事。这么说来,邦维尔耳中低沉的韵律,是用左手的怒火敲着右手的慈悲,用无边的积怨拷打怜悯之心发出的节奏声。他左右手里的东西各不相同,仿佛立下血誓不共戴天的敌人,彼此敲打却毫发未伤。这双手好似踩着渲染气氛的鼓点,撒开斗鸡的翅膀,解开锁链、又捉住它们。若膜拜的情愫让你想出其他比喻(你会以为这些比喻是思想,以为它们来自你的思考),你会给这对达姆达姆鼓取一对新名字:叫它们叛逆和纯爱,虚无与救赎,或者一只叫无尽的堕落,另一只是在堕落中不知疲倦的存在,那存在名字再不叫神了。你说那两面鼓,一面叫给神送葬,一面叫给神还魂的虚张声势。倘若不爱"神",你会把其中一只叫作活着那自由的快乐,另一只叫作死亡之奴的可悲喜悦。管它呢!最重要的是学会稳稳地提着钹,学会怎么敲,弄清怎么发出在兰波作品里听到的声响。竖起耳朵听那音乐的邦维尔并非不讲礼数的人,虽然他早早抛弃了内心的韵,但他一眼就能看出别人身上的旋律,所以说,他若有所思地抬起蘸水笔准备回信。邦维尔戴着丝制圆帽坐在工诗的案前,案头摆着芍药花,说不定眼皮底下还躺着一块老古董。这块原本用来建造多利安柱的石料现在是他的镇纸,他手里的小勺子若有所思地搅拌着据魏尔伦说能在他家喝到的朗姆茶,思考,掂量,面如吉尔的人终于落笔,回了信。给那位来自阿登的年轻人,邦维尔回了一串算命先生的客套话,把金枝夹在再也找不到踪影的信里,寄给了兰波。

也许我在邦维尔身上耗了太久。花了太多时间说这个可怜的小老头:他昨天刚从穆兰来,心中怀揣着大地的诗,拖着在巴黎就已垮掉的身体,那时的他善于钻营、揽获成功与权力,却也越发地垂老。邦维尔不过临时出任第一诗人——彼时因在岛上的雨果没有读者,他弓着腰,靠着桌腿的脚感觉到了莎士比亚在轻轻点地——邦维尔的任务是把诗的金穗递给从杜埃、从夏勒维尔来的毛头小子。其实邦维尔谁也不是,他这片阴影刚从罗马路折回来,昂起头,看那盘旋在穹顶上的白鸽。可我还想说,邦维尔那么像华托笔下的吉尔,他们难分彼此对我来说竟如此难得。

吉尔拉开了舞会的帷幕,读兰波的人纷至沓来。同样难能可贵的是,邦维尔伏在每天整理来信、专供诗人作诗的书桌前,他是读到在夏勒维尔奇才写下的诗句的第一人(他是巴黎第一人,夏勒维尔跟这些扯不上关系)。

可贵的是他还回了信,为原作添了几笔。难得他写下第一篇没有目空作者的点评,遣词造句今天已佚散,但他仔仔细细地读了兰波的那些诗——一百年来,他的影子紧紧地拴在信上,活像短篇故事里笨头笨脑的主人公被爱开玩笑的命运捉弄,每时每刻和一点也不公平,甚至一点起色都没有的苦力活纠缠在一起。邦维尔没有起身离开,他真的给兰波回了信。他一遍一遍,没完没了地起个头又重新写。邦维尔的信念塌了,但仙女希望他能继续写下去:那仙女就站在作品与生命的结合之上,我们把那瘦瘦的合体叫做兰波,所有以邦维尔的身份靠近兰波的人,都被她化成了白唇白面的丑角。很有可能,以前出版的关于兰波的书、我写的这本、加上大家未来要写的,都曾是,都是,都注定是泰奥多尔·德·邦维尔之于兰波——不是所有人都能成邦维尔,但大家无一例外,都会沦落为华托画笔下的吉尔。只有几部像是人写出来的作品,这人可以是活生生的、我们嘴里的邦维尔,可以是不计其数的邦维尔。邦维尔可以化身有胆量的诗人,性格没什么瑕疵,为人正直,惶恐又勇敢,爱拿腔调,却真诚、激奋,他的作品卖不上钱,甚至人还年轻、做派就先老了,随大流时而披头散发、时而梳得整整齐齐。散发,为了那愤怒、那虚无，整齐，为了那慈悲、那救赎。无论他摆出怎样的姿态，手里总是缺了另一面钹，哪怕二者兼具，可没能同时敲响。若年纪轻轻束不住发丝，他就会跑去卢森堡公园追忆旧时光，浓密的白色鬃毛在层层叠叠的叶丛下抽出新丝，他斜眼瞟着先贤祠的拱顶，新丝时而飘进不容易发现的天堂。它们是时间的金子，是天上的磁场，是沉睡启蒙的神秘墓地，仿佛炼金石铺成的圣德尼，我们在那儿缓缓躺在萨德先生和洛特雷阿蒙先生中间，躺在伟大的头领中间，躺在怒火不再的愤怒青年身旁——或走进卢森堡公园，找到路过的皇后和少女的塑像，拖张椅子坐在她们脚边。卢森堡公园里的游人倏然停住脚步，大家全在找愤怒跑到哪儿去了，随后微微一笑，转身离开，他们心想，自己总是爱兰波的，脑子里还记着他写的只言片语。树下的安德烈·布勒东想起那首《崇敬》，落座在皇后们旁边。若碰到十二月，卢森堡公园太冷，游客们会顶着冷风沿圣米歇尔大道往下，钻过桥，一头扎进世人避风的圣母院。在十二月的黑暗里，在尖顶密布的黑影中，柱子后面突然有根巨大的火柱呼呼闷响。原来是他们把没有意义、荒谬的、奇怪的、带头人们走马观花似的读过的作品填进火堆，这一烧就是六十年。那火直接跟神说话,神呼唤他们的时候,嘴里念出来的是些千奇百怪的名字,什么托马·波洛克·纳儒瓦啦,什么古封丹·埃·多尔芒先生啦——就凭他们!胆敢给兰波写序,他们连翅膀都折了,压根一本书都卖不出去。这些人想让自己愤怒,于是用力踹着慈悲,从花名册上随随便便抄来女圣人的名字安在诗里,前仆后继地出落成了邦维尔,连布勒东和克洛岱尔都难逃沦落至此的命运。给兰波回信的时候,他们端坐在作诗的桌边,茂密的头发上都扣着一顶丝绸圆帽。

写兰波的书只有唯一一本,所有内容写出来都一个样。它们像中世纪解释"和子说"的经注,注与注大差不差,皆出自吉尔之手。历经一百年的研究告诉我们,关于吉尔的资料比邦维尔还丰富;大家说得没错,吉尔比兰波自己更熟悉兰波的生平。他比邦维尔更加现代,他有现代人的决绝;脸上搽着白色的粉是现代的证明。华托把他画在花园里,所以他也在这儿:你看,他站在卢森堡公园,像邦维尔,像马拉美,像立在树下白发丛生的布勒东,像那位推开侧门沿圣米歇尔大道一路俯冲、把自己关在挡风的圣母院里的年轻人克洛岱尔。他矗立在公园围墙边，背后竖立着塑像，塑像雕的是爱笑、爱嬉闹的皇后们，但他听不见她们的声音。在一个明媚的下午，矗立在那的吉尔从满目意大利柏和几位姑娘之间，在空气中猛然发现一个人，看见他的作品和生命从眼前走过。他把这个人叫作阿蒂尔·兰波。故事由他一手缔造；兰波就是他偏偏成不了的梦幻。他盯着闪烁发光的梦幻；仿佛见到了先兆；又看到身体复活、时间之金的征兆，故事都是有据可续的呀。他看着流星，眼里倒映着虚无和救赎，叛逆和爱，身体和文字，看它们扭在一起，彼此缠绕，舞着、偏又散了，旋即复始，划过，又灿烂地坍缩。在正午时分黑漆漆的房间里，他不知疲倦地绕着线团，让那舞着的翻啊翻，让那坠落的转啊转。他仍是初见时的惊讶模样，再见时被钉了起来，双手吊垂，耷拉着一对卡利班的怪脚。你们要笑就笑吧，说他是最勇敢、最愚蠢的吉尔也行，他可是第一个敢对兰波投石子的人。

　　吉尔们留意到这位打眼的过路人，他们确定，路过的就是兰波；于是杜撰出兰波到此一游的故事；他途经的每个地方会留下一道犁沟，将诗田一分为二。他丢掉诗的老一套，老套里不乏佳作，但老套毕竟是老套；诗田另一边被现代洗劫一空,估计什么都长不出来,可它再不济也顶着现代的名字。所以兰波路过的时候,吉尔们俯身在诗案上头,在沉默里对我们说起兰波,说他是讨人嫌的庄稼汉,又是横空出世的天才。他们看彗星划过,记下它走过的弯路;那彗星有十二只脚,有时一只也看不见,有时仿佛长出了一千只脚,这些统统被他们发现了;他们想知道彗星划过的地方,想知道怎样划过,又有什么奥妙;他们以为这些全上了密码,拿数字凑来凑去,距离解开谜团只有一步之遥。正要看见的时候,背后仿佛突然传来锐利的笑声,似意大利柏发出丝绸般的绵绵低语,又似女人的嗓音穿过万籁俱寂,远远喊着他们的名字,这些人抬起埋在备忘录里的头,寻思这彗星究竟过没过去,思考他们算数字的学问到底有没有意义,他们还想问,诗歌能否为自己而作,是不是有个跳梁小丑像揉面团一样,把他们糊弄过来、糊弄过去。可惜啊可惜,兰波刚好有一身糊弄身边人的本事;我讲这些的时候,双手吊在上头,染上了伤风的毛病;要是我跟得太紧,他会从糊弄人的面团里走出来。每每想起我们宽恕彼此、相互支撑的时刻,我——吉尔们同我一样——想知道,晚风何时吹过那一棵棵华托画在我们身后的意大利柏,伤风什么时候才能褪去,等到什么时候我们向下看,才能发现脸上的粉不见了,才能发现自己身上穿着光的外衣。是啊,正是在这些时刻,我们会想象面前站着身材颀长的男孩,他也一样,双手又厚又大,用马拉美的话说像浆衣妇操劳的手一样。男孩想要掸掉脸上的粉,他攥着韵律、放弃、拒绝还有苦刑犯要做的体力活,用尽一生敲打身体两侧;他想装出自在的样子,假装不属于这个世界、不属于夏勒维尔,假装那穷妇人居伊夫不是他的妈妈,所以,他把现代人要做的苦活儿全甩给了我们;——我脑海里浮现的是,懒洋洋的男孩站在我们面前,脚上趿拉着宽大的鞋子,他伫立在那儿盯着我们,任凭自己的大手被吊了上去。他就在我们面前,跟大家差不多高,眨眼工夫,吊在我们眼前的只剩一双脚;他打远方来,远方的他不知道自己写出了后来被我们叫作"作品"的东西;他的怒气消失殆尽;他讶异地盯着我们手心,那里数不清的只属于兰波的词悬在同一根线上。他把自己的姓读了一千遍,念过千遍的还有"天才",有老掉牙的"大天使",还有那句"绝对地现代",接下来他说了一串难以辨认的数字,随后又是他的姓。他抬起眼看我们;我们就这样面对面一动不动,表情里满是惊愕,老态龙钟地看着彼此。趁着一口气的功夫,身后的意大利柏吊了起来,他就要张嘴了。是我们要跟他说话,先问、再答,毕竟人都走到这了——阵风过后的侧柏窸窸窣窣,舞着的兰波又蹦蹦跳跳地走了,唯留手心攥着蘸水笔的我们。

我们笔下批注的是《圣经》。

再谈《圣经》

我们再拿起《圣经》往下说。

相传阿蒂尔·兰波同邪恶仙女的搏斗发展到了抬脚踹的地步,兴许内心的门闩没关紧,于是兰波逃了,阿登的田野里留着他逃跑的脚印。那双大脚带他走遍各个村落:瓦克、翁克、瓦尔内古尔、皮斯芒热,古怪冷清的村落名字像是礼炮,读起来像嘴里被塞了手帕。他们说兰波想躲到这些地方,想吃掉手帕,吞掉礼炮,他沿途写下的诗便是最好的证明。他们又说兰波有宏伟的抱负,给他立的圣徒传记里写的是他用骨碌骨碌的小石子、食人魔和小拇指骗过了饿鬼。这次出走像是更久的梦一场,在夏天快结束的时候带他来到了比利时,带着他从说不定长着桑葚树的小路向夏勒华一路进发,路边树林里磨坊座座,燕麦田的尽头偶尔冒出几间工厂。但是,我们再也弄不清他经过何地,在哪儿写下今天众人熟悉的四行诗。夏勒华没什么人认得他,脚上趿拉着大码的鞋子,有根鞋带被他攥在手里,头顶永远是那北极星。可我们知道,归途中的他在杜埃落过脚,住过伊藏巴尔阿姨们的房子,她们是偌大的花园尽头里的帕耳开三女神,她们掌管生命之线,拿捏跳蚤的生死。我们知道大园子里的夏末时光是他一辈子最美好的时间,只有这段日子才配得上叫美。他们说,兰波就在这里写下了小朋友们都会读的那首诗,说他跟星星打起招呼来正像我们吹口哨逗狗,说他摸着大熊,躺在她的身边。夏天的尾巴是由十二音步组成的节奏,兰波吊在小熊星座的尾巴上,两只脚偷偷伸到绿色旅店的桌子下面,把所有东西捆在律棒上面:不仅有端来火腿的姑娘,有用来吃火腿的棚架,还有棚架顶上升起的北极星。快乐就是如此纯粹。因为只有这样,真实才能出现,真实似上帝,又似九月里死在花丛中的年轻姑娘。人们说他离家出走的故事有两段,那段没有星光,遑论花园与真的旅程把他送去了巴黎。巴黎没有等他的人。

有人吵着想知道,他在巴黎有没有和公社的人擦枪走火。他用步枪枪口指着敌人,指着投胎成人的恶,其实敌人也是村里的穷窟窿出来的,稳坐凡尔赛的梯也尔先生命他保管风向标和步枪。他们想知道,用步枪抵着这家伙能不能让他体会到快感或者恐惧,还想知道兰波有没有带走他心里那两面敲起来能把所有东西震碎的钹,想知道他有没有站到街垒上给别人擂鼓，想知道他是不是走下路障就跟那悲惨的世界、跟那些下流货色和憨厚的蠢货们一起吸米粥、抽粗烟丝。大家希望传说是真，但似乎不能当真，因为就算被"老家伙"写进《悲惨世界》，兰波的生活里没有发生过这些事情。不管兰波有没有加入公社，他回到夏勒维尔的时候身上是挂着勋章的。相传当年的五月十五日，他从夏勒维尔给住在杜埃的诗人保罗·德梅尼寄去两封信。德梅尼写出过《拾穗女工》，可照相术的硝酸银盐服服帖帖地给他成像倒不是因为这本叫《拾穗女工》的诗集。在兰波相册的第五十四页，在伊藏巴尔和邦维尔后面老远的地方，我们看到了诗人德梅尼的山羊胡。他戴着小小的夹鼻眼镜，头发像被风吹得翘了起来，剪影里满是自信，他的眼神肯定碰到了身后的荣耀。大家知道，兰波给这名声在外的人寄了信，寄信没花多少钱，但要说这德梅尼究竟多有名，那要看他一下子收到的十几二十页的纸片，里面附着最出名的"通灵者的信"。"通灵者"是诗人唯心主义的化身，是诗人唯意志论、使命论、魔术论的借尸还魂——更让人惊讶的是，它简直是为诗人量身定做的障眼法。因为"通灵"穿着民主俄耳甫斯主义的新衣，造它出来就是为了讨出身杜埃和其他地方的诗人的欢心,更因为写下"通灵"的人,是位用尽全身气力笃定"通灵"的年轻人。管它是博人眼球之举还是天才的灵光,只要我们伏在作诗的案头读这些信,咀嚼其中的意思,肯定会给出同德梅尼一样的回答,因为"找到一种语言"和"让自己成为通灵"都白纸黑字地写在信里。所谓"通灵"一事,不论它飘荡二十还是两百年,反正红背心、"长者"还有另一个名副其实的"红背心"都说过,只不过闹出的动静有大小之分。戈蒂埃才该叫"红背心",《爱尔纳尼》巨涛中的他,外衣盖着的正是一件红背心。背心又长又黑的波德莱尔提过"通灵",奈瓦尔、马拉美也说过,但这个词从兰波嘴里说出来更让人信服,因为他的口气更稚嫩,也更有斗志。我们待在诗人的书桌前,心想,可算有人把这些事情说了出来。他说的"通灵",我们觉得新,对我们永远新;可我打心眼里相信,对兰波而言,不管他是否真心相信自己的话,在把信放到邮箱的刹那,或是落款的那一瞬间,他心里还是笃信诗坛的老套。他们说,兰波给年轻的魏尔伦也去过信,心气跟给德梅尼的这封一般高,信里装着感觉,装着精湛与绝伦;可信丢了。据传,魏尔伦紧紧地含住这块鱼饵,在一八七一年的九月,另一个夏天快要结束的时候,他等了三班火车才等到抵达巴黎的兰波。这一次,克罗和魏尔伦去东站接伟大的亲密朋友;兰波呢,来巴黎穿的裤子太短,蓝色棉线织成的袜子都露在了外面。大家清楚地知道,那双袜子是邪恶仙女一针一线打出来的,却不知道仙女织袜子的时候心情究竟如何。没准有爱呢。兰波的裤子口袋里揣着完美的作业,取题《醉舟》的作业从头到脚被精心打磨过,润色得恰到好处,拿出来就想讨得巴纳斯、寻到高蹈派的欢心,摘得诗坛的头名。

大家都知道的是,立在巴黎东站月台上的魏尔伦顶着德比帽,出现在故事里。说到魏尔伦,他在自己的故事里不假思索,戴着脚镣迈进了蒙斯监狱,钻进了苦艾酒桶又被哗众取宠的悲情淹没,倒在破床上又被写进金色传奇,他破陋的床头睡过一位位登在名册里的修女和娼妓。当然,还有年轻的列提诺,彼时的列提诺是位高个子的大姑娘。然而任何诗人,就算再可怜,只见他们一个个扑在貌似更卑微的魏尔伦身上,魏尔伦好似跪在地上——魏尔伦也被放倒了,被撂倒的样子跟伊藏巴尔一样狼狈。

他固然不需要兰波,年纪这么轻,自己总能弄出点东西来,可他这么做是因为他这么想。兰波是个绝佳的由头,是颗连命运都会被绊倒的石子。再说,比起世间一切,魏尔伦乐意就此失足。

那会儿的他常戴着德比帽,睡在精致的床榻里,睡在美妙的女子身边。只有魏尔伦自己知道,他每走一步都要踉跄那么一下,但因为年纪还轻,外面看不出来而已。好像无论他戴不戴帽子,走路打不打绊子,总之是讨兰波喜欢的,兰波也实在有意:他们毫不遮掩,藏住拿下头名的想法之外没留什么其他心思。两人互通心意,身边的人知道两人喜欢彼此的文字,知道他们认为彼此有通灵的本事,起码看上去相信彼此的"通灵"——当时的风气认为,想象在于通灵,哪怕通灵暧昧得无法表达,哪怕通灵是秘密、是假设,想象能在其中孕育最纯净的诗。优美的步格宛如行星,万物降临于此,行星上连树都长成十二节;于是,万物降临了第二次;他们心想,对方就是天地显形的秘钥。两人洞悉了天机,开心不已,倘若世上有秘钥,一定揣在趣味相投的人身上。而我们知道,就在东站重逢的几天前,一人年盛如一人年轻,滚烫、急躁,喜欢彼此的方式却不如一:他们钻进百叶窗后黑漆漆的房间,赤诚相见,竖得笔直,把韵律与占卜求来的数字放在一边,把诗歌丢在一旁,紧紧地连在了一起。百叶窗后面赤条条的身体踩着古老的布雷舞点乱跳一气,两个人摸索彼此深紫的石竹花,找到便装上货,把对方绑在那根不是律棍的竖杆上,全身一个激灵,从这世界、这昏暗的房间、这九月天的百叶窗后消失片刻,肉体被万物浇灌,立时冲到桅杆顶头,双眼无神,口舌皆失。这第一场两人的布雷舞,谁也不知道在哪里、是怎样跳的,更不知道此中流转的激情,只见闺中那桅杆摇了又晃,在信里搅起阵阵风仿佛是《爱尔纳尼》里的波浪——以文通情的人儿啊,总是浅陋。无需揣测那风是风暴是微风,它吹过阿蒂尔·兰波的笔尖,滋润了他的文字:毛头小子总想跳布雷舞,想采下或许在夏勒华的夏天一直寻找的石竹花,然而他无功而返,想要排解内心的渴望,让魏尔伦来到身边,沿着路撒下小石子。玲珑可爱的石子难以砌成巨著,巨著可是生吃活人的怪物。假若诗歌的铁律不能包容,容不下貌美的姑娘和绿色的旅店,容不下星星低语下对远行的渴望,假如诗歌的铁律容不下晦涩,容不下荒唐的深紫色石竹,那这诗法和柔弱的合金破烂有什么区别,像在邦维尔的手中那样一折就弯。

人说这场爱情直抵灵魂却惨淡收场,似乎触到灵魂的爱情常会陷于寥落。还有人说两人扮成不同的角色,在画里眉来眼去,他们是爱人、是同道人、是诗人。他们惹毛了魏尔伦的妻子、正牌的老婆、魏尔伦夫人，玩脱了苦艾酒驱使下的小伎俩；他们就是爱开玩笑而已啊。两人死死扣住命运的琴弦，咬定一切都是诗的际遇，这根弦曾被波德莱尔紧紧扣住，卡在大家都知道的"他妈的"上面；大家以为两人中间兰波扣得更紧些；原配的手按住夏娃的古老琴弦，夏娃的这只耳朵听不见他的声音；以至于在凌晨四点，爱巢的楼梯间，像俄尔甫斯一样四脚朝地、破口大骂让两人蒙受情人自古难逃的苦厄，年轻的妻子把他关在了门外面。人们讲，自打被逐出情侣的爱巢，两位诗人在克罗家、在邦维尔家、在住着诅咒诗社成员的外国人宾馆间搬来搬去，拖欠房费，后来取道东方，把布雷舞跳向别处，那布雷舞洒满阳光、踮着脚尖、一如既往地激烈，就算将感情的诗句全藏在舞里；为了再续情绪来袭前纯粹的冲动，两人先是在布鲁塞尔，然后在伦敦喝得更凶，他们喝绿妃、苦艾酒、沉着金子的威士忌和淡啤酒，还有带渣子的黑啤；酒吧深处的弯弓对韦弦，两人胜似悬而不发的音符，剑拔弩张，面红耳赤；当然在其他时候，他们会安静地作诗，伏在同一张诗案两头，黑压压的伦敦仿佛让人掏了胃底，像巴力的嘴巴，又像是巴力的茅房，上面雾气如幕，幕里蹲着资本，浑身沾着恶的资本微微发亮——那是无情的资本主义最怀念的年岁,大家知道举着枪的是谁、谁在枪管的另一头,他们明白要咬住谁的枪托,知道自己的脚下又淌着谁的血。在这个《旧约》里的伦敦城,在诗案的两头,我情愿相信他们一人写下了《无言的浪漫》,另一人写下了《虚无之歌》,只不过后来重新取了标题,因为优雅和轻盈贯穿全作,根本不像此世间的作品。那诗歌成于巴力的嘴,没被血盆大口吞噬,没有溺于黑啤的沉渣,他们当时拼尽气力扣着琴弦,为自己,也为死去的人。正是在这风暴暂歇的案边,他们和对方开玩笑,渴望彼此,相互和解。他们没准会为对方轻声念诗,一人站、一人坐,好似圣西尔簇拥着国王的姑娘,坐着的那个听见圣恩、力量与伟大的修辞从空中飘过,可他们谁都不知道,再不会有如此的听众,再见不到如此的舞台。房间整个腾空飞起,两人伫留原地(至少,他们是这么回忆的,说只见诗歌一跃、身体堕落,因为在他们心里,一直偷偷摸摸地穿着红背心),他们站在那儿,一把套上宽袖的长外套,英勇地钻进巴力神的嘴——嘴巴也是巴力的茅房,在酒吧深处陷进一潭的黑啤里。信奉他们的人竟能透过这《旧约》浸出的油里分清楚谁是谁,不费气力就能判断是谁的东西,什么通灵、创新啦归这里,成天跟着残月的可怜家伙，走在前面的太阳之子都放那边，拖在后面的是踉踉跄跄的月亮之子；信他们的人生来就通灵——而我，什么也不通：巴比伦的浓烟后面，眉眼混在一起，留络腮胡的是谁，奇丑无比的又是其中哪位？夜太深了，分不清谁是疯了的处女，谁是恶毒的丈夫：他们身上的马甲一样黑，性格一样烈。两位开膛行凶的刽子手脚底抹油似的溜进酒吧；喝到凌晨四点出门，赶马的人拉上意识残存的两人，车夫托着胳膊，把醉汉们搀到车里，捞起凌乱的袍子，用尽力气把人塞到车厢最里面，这天上的车夫用巴别塔的语言对马说了几句话，一下子没了影，原来他身上也穿着同样的外衣。鞭子在浓雾后面抽啊抽，睡在车厢里的兰波兴许骂了一句"妈的"。他们这是往火车站赶，准备重返欧洲大陆，大家知道，两人吵嘴竟是因为鲱鱼的破事；赌气的两个人离开巴比伦；又在布鲁塞尔惨遭厄运，早上八点便来到住处的十二，甚至二十位绿妃不停地用脚轻轻点地，两人喝到下午三点，这次争吵吓坏了他们，其中一位惊慌失措，抄起德比帽、赶到圣于贝尔画廊，在恐惧的驱使下买了勃朗宁，这把我也不知道牌子的手枪口径七毫米、弹容六发，他用这把枪往大天使的翅膀里灌了一丁点铅弹。不久后他进了蒙斯监狱，就地躺下,他在拔摩岛的另一半,此时此刻正在罗什、在阿登的里伊奥瓦。在他的心中,魏尔伦乖乖地躺倒在伊藏巴尔身边。两人的布雷舞就此终结。

他们互相残杀,据说是因为两人的性格截然不同,仿佛太阳撞上月亮。一人有白昼的光采,散发着阳光的激情,浑身有力量,像是能蹬上七里高的靴子,可另一人向往独自闪烁,憧憬自己出现在枝头,然后落山、逃走。一个人酝酿新诗歌的时候,另一人沉湎于诗坛的老传统,所谓老传统,是夹杂着个人情感和先确定韵脚、再去作诗,是那一套陈旧却能凑合写出来作品的东西,就是马勒布、维庸、波德莱尔用起来得心应手,我们业已习惯他们却不再过多苛求的东西。这些人里没有魏尔伦,同月亮一样矛盾的魏尔伦优柔寡断,他没有全身心地投入其中,所以他去伦敦的时候漫不经心,心里有一块还留在巴黎。娇妻从巴黎给他写信寄去,知书达理的她懂得拨动夏娃的琴弦。两人性格迥异,根本不像杜撰的故事,我们伏在案头读到的轶事,已是润色之后的版本了。

有人想要解释鲱鱼和六响左轮手枪的故事,说他俩被"打乱所有意义"弄昏了头,说两人私下穿着红背心,想把"打乱所有意义"贯彻到底。要说他们打乱所有意义却没能通灵，还不如说是酒过三巡之后，他们在醉意里习得了预言的能力。魏尔伦的模样最像醉汉：我们想要相信，喝了十个月的酒会让两位冲动的年轻人在布鲁塞尔成为狂热的冉森派，于是在那一天，从开了花般酿着黑啤的大锅里，咕嘟咕嘟地冒出了六响左轮手枪的嘴脸。我不相信过时的传说，他们说戴着丝绸帽的兰波深谙自己的天赋，他瞧不起魏尔伦，瞧不起魏尔伦的诗，窝囊的魏尔伦让他好生抱怨。其实，魏尔伦是名副其实的才子；其实，饱受折磨的兰波无法愈合心中的伤，他的现代比起我们还是欠了一点绝对的味道。我知道——我说过——两人对立的个性逐渐消磨掉献给彼此的吟唱。波德莱尔教会他们把玩诗歌的命运，只属于两人的琴弦和俄耳甫斯的吟唱轻而易举地合在了一起，无出其右，难以言状。诗歌的命运支撑着他们，在此之上的嬉戏与规劝全是为了成就自己；如果身边有人哼着小曲，作品就没法发出诗的声音——原因很简单，因为在卡姆登镇上同一个房间里，绝不可能同时出现两种为自己而作的诗。活着的人难以达成诗的一致，得有人闭嘴才行。

或许，兰波是那个喊得更响的人。

兰波出招更谨慎。他比魏尔伦更想写成为自己而作的诗,他的作品从不成就别人:只有这样,他才能安抚困在深井里的老妇人,让她消停一会儿,松开漆黑的手指,展开紧握的拳头,抚平命运的交易带来的紧张,恢复往日哄人入睡时的轻柔。兴许是为了自我告慰,为了能安心入睡,老妇人盼着儿子长成最优秀的诗人,成为最拔尖的那位,希望他不要成为谁谁的弟子。关于这一点,我很确定:兰波讨厌给别人做徒弟,他瞧不上大师,倒不是因为想当大师或是觉得自己功成出山,而是因为他的师傅、邪恶仙女心中的大师,就是那带头人,他像沙皇一样远在天边,好似神难以琢磨,又跟沙皇和神一样,庄严地端坐在围城后,浮在云霄之上。一直以来,师傅的形象附着幽灵,只有远方军营传来若隐若现的军号才能吹出他难以描摹的样子。大师没有瑕疵,不受任何侵害,亦不会犯任何错误;一言不发的大师仿佛臆想出来的人物,他的国不在这个世界上。看到他出现在这世界上——甚至不算出现,只是露出一角、投下影子——化成中尉,他堕入人间的肉身擦掉胡子里的啤酒渍,写下一手好诗——看到这些让兰波慌了神、乱了阵脚,心里涌出一股怒火,愤怒到极点的他什么都不管,像是隐沉在桌台后的神抬嘴就骂的法利赛人再次投胎出生在拿撒勒,化成全身长满虱子的人。魏尔伦擦了擦胡茬上的黑啤沫子,微笑地看着他中意的大男孩;怒不可遏的男孩朝地上啐了口痰,脚跟一拧便摔门而去。大家在年轻叛逆的兰波身上看得出来,他根本不想领一位师傅,可拒绝入门结派的历史相当久,它跟盘在老苹果树上的老蛇一样老,跟我们说的语言年纪一般大。早在语言从每个人的头顶飘过、只跟神对话的时候,这种拒绝已经出现在有"我"的语言里。不幸的魏尔伦是位高人,高到哪里都能碰到他的胡须、能听到他的笑话,当年二十七岁的他已经是学院认可的学院派诗人,参得透穿红马甲的老一辈诗才,又掌握支配文字的权力,所以十八岁少年摆弄修辞的手是受魏尔伦把控的。无可奈何,他只能装出老资历,头上斜戴着的皇冠赐他君威,让他披上半个大师的威风;要想真正地成为兰波,就要把魏尔伦赶下王位,打破非写不可却残缺不堪、又为他们所用的诗句,小心翼翼地斟酌散掉的散文,跑去非洲某个不知名的角落挣扎煎熬,在没有小提琴的部落里过活。在部落里生活,只要拜沙漠、拜口渴、拜大写的命运为师,一个个几乎看不见的大师威风凛凛,如同包裹在风沙里的狮身人面像。无论君主还是队长,他们站在沙丘上的风中,站在风传来的隐约军号声里,嘟囔着听不清的起床令,是在这条通往沙漠的路上,兰波放倒了魏尔伦。魏尔伦并非亲眼见到一切的伊藏巴尔,他不像伊藏巴尔那样,知道司管战争的邪恶仙女就要在语言里起舞,她的身姿宛如色弛的月亮,从色当和资本上悄悄滑过。怕是邪仙把这些统统告诉了他,魏尔伦有了信就跑去圣于贝尔画廊,回来的时候拿着六响左轮手枪。他亲自射下语言,做了语言的师傅,抬手又补了两枪。语言望着他,眼神里尽是孩子的模样,他生气,他清朗,他威严。魏尔伦扣下扳机前就明白,语言是撂不倒、杀不死的东西,触到地面就会弹向自己。子弹终究折向了自己,他倒地的时候手里还攥着一串念珠。

你们没听我说话,倒去翻起了《圣经》。书还是你们会挑,该讲的故事里都有——有激情和人,有灵动的诗和酩酊大醉,有高傲的叛逆和平淡的鲱鱼,还有魏尔伦手中的念珠,用兰波的话是:长着钳子的念珠。他俩从光明的小步舞开始,那是九月的百叶窗后合跳的一支舞,他俩的故事也因小步舞告一段落——这一切《圣经》巧妙地全提过,没明说。

《圣经》是没有瑕疵的书，大伙讲不出新玩意，更没法拿来讨论，这才把话题转向小步舞。他们问兰波是只对男人感兴趣，还是兴致来了，两个性别都一样。他们想知道兰波想压在身下的，是队长的阴霾，还是维塔莉·居伊夫残破的肉身；这些大家都不清楚。讨论这些，或许是为了装在十二音步里迷人的诡辩之术，为了那位在伦敦寻死、摔断骨头又接上了的人，他犹豫的神思在华尔兹舞步里像心脏一样直跳，可是空论对诗歌无益。

《圣经》没有缺点，关于这段时间、关于伦敦、关于布鲁塞尔、关于这对可怜的爱人、关于六发子弹的手枪，没哪一本书比《圣经》讲得更明白了。但它没道明，为何在短短几个月的时间里，年仅十七岁的兰波已长成诗坛的老手。技巧之熟练仿佛在伦敦一口气写完了未竟的《历代传奇》，写出了成熟的《恶之花》与《神曲》——《神曲》好似成书于残酷的资本时代，它出现在地狱的第九层，诞生在猪圈里，出现在化成人形的资本的爪牙间。我们什么都不知道：不知道巴力，不知道压迫，不知道卡姆登镇上的诗案在哪里，也不了解这些打动我们、给人慰藉的事情，不了解属于他俩的青春岁月，不知道他们像幼犬一样笨手笨脚，长着小狗的奶牙，不知道一个人一把一把地掉头发,另一个人却留着比一八三〇年发式更长的头发,不知道他们期盼什么,不了解他们躲在巴力的长袍里、尝试自戕之后还能开得了玩笑的脾性。仅存的温存可以让我们不去读诗,可没人懂怎么读,那些把诗歌当密码读的人,是他们读得更多吗? 我们是被小说俘虏的败类。大家不读书,我看过的也不见得比别人多。我们写的就是诗,每人有自己的方式,只不过大家头戴精致丝帽,看到诗就像过去的人细细端详着从特洛伊和希腊进来的绒绣布。这,才是我们的诗,兰波的诗藏在我们的诗里,跟想象中一样隐秘而矜持:我们写了这么多,以至于某天翻开阿蒂尔·兰波诗集的薄册子时,惊讶地发现它们一直都在我们诗里,不过是被遗忘了。我们匆匆地翻看,什么都看不进眼里,还怕这怕那,像只小蚂蚁歪歪扭扭地爬过一行行文字,我们捉住它放到旁边,放到这花园里。

花园里的我们读着一八七二年写成的诗。我们如此向往,甚至想到诗句初次降临之时,仿佛用浆衣妇的手捧出了年轻讨喜的姑娘嘴里轻快的民谣。歌声中陈旧的亚历山大体奄奄一息,哼哼着,说自己要死了,还没甘心咽气,它碎成两行长短不一的六音节诗,勉强活了下来。兰波的心仿佛也碎成两瓣:也许他知道这样下去,诗歌便再无救赎可言,父神再也不会变成副校长给自己颁奖;此时此刻,年纪轻轻的母亲套着在家穿的裙子,端坐在诗歌身后,眼睛望着天上一小盆一小盆的花儿。我们听见心和诗碎裂的声音,传到我们耳朵里的声音,是远方战役败北的丧钟,是外省的童年时光与亚历山大体双双折戟的回响。亚历山大体下定决心,死也要和军号死在一起。是夜,它们立于山岗,凭临白日战斗的地方。插在战场上的旗扯成片片破布,被炸掉双腿的老元帅神色凝重。心犹豫的当口怦怦直跳,脑海里军鼓声渐远,他突然栽倒在树边,平生的战斗在脑海里翻涌——有圣西尔,有根西岛。他想,应该到了告别人世的时候,于是当下,童年里夏天清早树下的那缕微风吹进了脑海。他祷告,念的都是这些回忆,祷告的声调刚刚好,阿蒂尔·兰波的童年就和老元帅一起在这声音里,一起死了。回忆中的兰波穿着小小的炮兵服,鼓起腮帮子吹着军号。往事浮现得刚好,抹平了记忆中的一切,记忆中有那战斗过后的晚上和清晨,有小蚂蚁和永恒,有深井和群星,全都埋藏在将死之人的脑海里。段段回忆别无选择,只能让季节和城堡像神赐给我们的每一天、像时间和空间那样紧紧地结合在一起,即使六月刚刚爬上明亮的侧墙,时节一眨眼就来到了冬季。冬天昏昏沉沉,我们垂手望着流星。花园里的我们放下手中的书,一阵风钻进头顶的栗子树——我们突然发现一切如微风的絮语,亚历山大体的消亡无关紧要,亚历山大体不是真理。我们发现民间的圣经故事里讲的,是两位天赋异禀的年轻人爱着彼此、互相拉扯的故事,可描述得太过简单。他们说《圣经》也是用亚历山大体写成的,它不比通灵人那本高明到哪里去,但我们戴着丝绸帽子精心地写,谨以此书献给同仁。这本,是绝对现代的《圣经》。

栗子树下的我们再次陷入恍惚;脑袋里空空如也;随后放下信,合上薄薄的小书,想到我们并不熟悉诗人的身体;我们看不到浆衣妇的手,看不见秘密,看不到通灵和数字,那数字就躺在季节和城堡的某一行里;我们没有灼灼的耐性,却猛然发现一只手在本该留白的地方画出一条线,它自信地又画了一条才停;我们不清楚是神还是巴力握着那只手,只能祈祷千万别是巴力。倘若某个片刻,栗子树阴里的我们能够看见那只魏尔伦见过的手,然后一点点地抬起头,看见叶丛中有张奇丑无比的脸,还有一条垂下的领带和杂乱无章的头发,如果那嘴说了"他妈的"——说不定他真冒出来这么一句——那么请你,读一读你夹杂祈求、赌气和威严的表情递给我们的那首诗。而我们,只能在他的眼皮底下读,因为我们不知道,这世间还有什么能让我们知道的事——小蚂蚁丝毫不顾一行行文字,依旧在我的书页上爬来爬去,同花园一样沉默不语。

再回东站

故事再次回到巴黎东站,我要再讲一遍兰波初到巴黎的头几天。对他而言,这段时光里有三件小事纠结在一起:一跃成名、跻身大诗人的行列,敏锐地觉察到声名的空虚,以及意识到这件事对他心智的折磨。

巴黎的时光里不只有魏尔伦。我们知道,在九月的巴黎,兰波刚到没几天,魏尔伦带他辗转咖啡店和地下酒馆。夜幕降临,大理石桌面上袅娜地升起荣耀归主颂,烟斗冒着烟,黑啤酝酿着泡沫,报纸张张摊在桌上。在报纸和啤酒背后,弥漫着蓝色微光的薄薄烟气里隐约能看见诗人们的胡须,能看到他们的姿势,装出来的冷漠,他们假模假式地打趣,露出一双双眼睛,打量着从夏勒维尔小镇出来的你。酒馆深处的烟幕背后,在马德里咖啡馆,在死老鼠酒馆,在小巴家,在三角洲咖啡,在苦艾酒协会名册后一千多条附录里,有样东西兰波一眼就认了出来,比他尝出这杯是"荣耀归主"、那杯是苦艾酒还快——他认出了妨碍他融入这一切的终极障碍。这障碍是其他千万阻隔的源头，是由胡须、报纸和啤酒组成的一堵密不透光、让人生闷气的围墙。所谓诗人，无外乎是躲在巴黎闷着生气的人嘛。

凡是爱赌气的小伙子，都等着父亲来矫正他的臭脾气，把他拽出命运的游戏，推着他走上右手边看不见的王位。小伙子们盼望着摆脱世俗社会的纠缠，幻想不要入世，在空想中当自己的王。可是，修道院已闭门谢客，蓝血贵族今后只活在传说里，在斯摩棱斯克和别列津纳河附近的兵营，他们跟头戴大片羽毛的小伙子、跟帝国的元帅们一起倒在了冰天雪地。因此，小伙子们想要告诉别人，自己是孤儿、是浪客，言下之意是比别人优秀。他们没去当兵，没继承爵位，没去寺里隐修，一个个全成了诗人——这么做都是一八三〇年代的习惯。一八三〇年代之后，歌被唱滥了，兴许是唱歌的嗓子太多。那么多人只幻想着身后名，世间再不见唱歌的君子：波德莱尔与世长辞，与莎士比亚对话的长者干坐在四条腿的桌子前，圣西尔许久见不到国王的身影，王国没了在千钧之际拍板的人，推举国王的标准早已废弃。兰波用尽气力，他想要有属于自己的加冕礼，搞不好那些年轻人也巴望着坐上宝座，不过他们不够用力，任何人手上都没有他们觊觎的王冠。天上的拉斯蒂涅们隐约出现在晦涩的十四行诗和魔法后面,出现在啤酒杯和报纸后面,他们紧紧咬着牙关,等待机会降临。他们原以为自己是天选之人,又笃定自己不是:要是人人手上都有金枝,逢人就有的荣耀究竟有什么价值?

就在等待的当口,他们留下了照片。他们相信,相片能超越晦涩的十四行诗,能打败未来十四行诗挥舞的小拳头,甚至能超越诗歌,所以想要留下流浪的身影。他们端坐在黑头套前,两根手指插在坎肩里,凌乱的诗鬓拍不进画面。他们坐在摄影师面前的小板凳上,一想到身后就浑身打战。长者坐在纳达尔和卡尔雅的镜头前,看着黑头套不敢呼吸;波德莱尔在纳达尔和卡尔雅镜头前也不敢喘息;从容的马拉美不敢吐气;卡尔雅面前的第耶尔、布莱蒙、克莱赛尔、科佩直打哆嗦。就连兰波也是……

那是一个十月的晚上。算不上入夜,充其量是月末清朗的某个下午。周日的蒙马特高地好似田间,起伏的路上见不到人影。只能看见远处的几棵树:似栗树、似法国梧桐的树淌着光,一下子揪住人的心,黄色的树冠揉碎在蓝色的天空里。光线里有几个人,金色的树叶在脚下奔跑,上上下下的路仿佛要把你带向天际——不一会儿,他们就走到我们面前。四五个小伙子沿坡路而上,这群改不掉臭脾气的年轻人披着看不见的袍子,他们既不是军人,也不是牧师。跟大家说的一样,他们是赤子,是诗人。这些人里有魏尔伦和兰波,都有谁陪着并不重要,大概有弗兰,可能有瓦拉德和克罗其中一个,还要算上里什潘——他们管里什潘叫里肖普。小伙子们穿着黑衣服,戴着帽子,利落的行头在阳光下发出黑色的光;他们穿戴整齐:有人借给兰波一套他能穿的西服,他的尺码可能只有里什潘才有。脖子上的领带有点往下坠,不过该有的都有了:里面套上衬衣,鞋子打了蜡,化成人形的诗歌头上戴着大礼帽,高耸的圆筒仿佛把自己当成了诗歌。第三代忧伤青年的家伙什齐全了——唯独没有能和树叶相配的朱红色中国绸缎,也没有第一人称的《爱尔纳尼》只穿了三个钟头的红背心,历史正是在这三小时的一瞥里,借望远镜把"爱尔纳尼"收进眼底。话说回来,再没人穿红背心了,只有戈蒂埃才头戴红白相间的羊毛帽、穿红背心。戈蒂埃的背心鼓鼓囊囊,衣脚折进臃肿的身体里。他勉强从浮肿的眼皮缝里看见你,认不出来是谁,听见了比《爱尔纳尼》里更响的海浪声。戈蒂埃死在那个十月的二十三号,就在那一天的第二还是第三天,他被抬到蒙马特公墓的时候还没消肿。我反倒相信,小伙子们参加他葬礼的时候穿戴同样整齐,他们肯定在讲,戈蒂埃这个老混球。说到这一群人笑了出来,伤感突然涌上他们的心头,换酒喝的当口纷纷听见《爱尔纳尼》里卷起的海浪。兰波这时大概会想到伊藏巴尔,想起伊藏巴尔递给他的那本《珐琅与雕玉》。年轻人们披着阳光沿洛雷特圣母院路往上走,嘴里的烟斗缓了缓前一天的酒意,树叶抚摸着他们的情绪。兰波说他烦死了,只有他的身上看不见光。他们推开十号的门,摘掉礼帽,嘴里依旧讲着笑话。门里有个天井,十月的光照在院里的玻璃上。大家进了门,他们找的正是这里。

这里是卡尔雅的摄影馆。

卡尔雅比他们五个年长些,说到底也是小伙子。前途未知,但怎么说还算年轻。我们知道——实际上是书上记载——卡尔雅出身贫寒;母亲在巴黎给丝绸厂厂主看门,住在深深的小院子尽头,院里偶尔飘出难闻的气味,下水道淌着五颜六色的染料,抬头能看到窄窄的天,仿佛被井栏围了起来;我们不知道,卡尔雅有没有在心里把这天井打成了一口装得下他母亲的井,相册的前言太短,没有交代得那么彻底:卡尔雅是个不怎么重要的年轻人。世上没有以他为主角的金色传奇。他敬贤人,贤人们没有回他应有的尊重;他跟名人们交朋友,只有寥寥几位跟他保持交情。他优雅地在黑箱里放上卤化银,正因如此,我们才在别人的传奇里,譬如在波德莱尔、库尔贝、杜米埃和长者的传记里,才能看到卡尔雅像阵风一般匆匆掠过。卡尔雅有过人之处,比如在大家眼里,他是唯一能接过杜米埃衣钵的艺术家,还是唯一能和纳达尔媲美的摄影师。纳达尔最出名,他是朋友,是前辈,更是对手。卡尔雅出名不是因为跟纳达尔较量,他的名声全靠摆弄光影的手,靠挡住光线、快速补光的阀门和留住影像的氯化物。到了每年十月,十八乘十二厘米半的椭圆肖像更是让他声名远扬,他拍出来的肖像跟传说中的白狼和圣维罗妮卡面纱一样出名。有的时候,他把名字印在肖像下边,写在肖像主人的名字下面,要么摆在括号里,要么写得更小。一九〇六年他就死了,没见到肖像照的名声赛过传说里的白狼。卡尔雅活着的时候,不觉得闯出一番名声非要靠摄影。原因很简单,他是赤子,是搞艺术的人,起码过上了赤子和艺术家的生活,有了这两个身份的外在。照他的规矩,大家都要承认他的身份,但事与愿违,也许因为赤子爱享乐,喜欢耽于绝望,也许因为他身上有赤子所没有的理智和克制。说到底,他没有自负到向所有人展示手艺,甚至不愿相信人只能沉迷一样东西。艺术也好,手艺也罢,人只能迷一样,还得牢牢坚持,不顾一切地把自己和所有人锁在里面。从事艺术好像被扔进布袋,那儿有我们的母亲,有永远不会生出来的孩子,会有人在袋子外面踹我们,唯有琐碎的细活才能造就永远的赤子。作品是能生吞活人的怪物,卡尔雅怕吃人,也怕被吃:他对爱好多出来的那一分投入,正好弥补了老婆还有跟她一起生的小女孩在他心里占据的位置。他害怕爱好占据整块整块的时间,所以把时间分成许多份,兼顾好几门手艺。卡尔雅是摄影师不假,但他也画画,兼写戏剧,还希望大家把他当成诗人,因为他以为自己是诗人,真真假假地过上了诗人的生活——有怪癖,有信仰,有欲望。这些东西应该在四八年的时候走进了他的心,那时候的他和波德莱尔都二十上下。他跟波德莱尔一样,闻到火药味,参加了起义。革命能让人摆脱父辈的阴影,不强求革命的人成为父亲,所以在那些年,波德莱尔把红背心沾上水,小心翼翼地夹在黑色长袍里穿,孤零零的革命好似他一八五〇年之后写下的诗句,找不到任何血缘。卡尔雅跟朋友波德莱尔不一样,他没能抓住一鸣惊人的时机,出名要趁年轻,要趁弦音传进心醉神迷的旗子之前。他没有抓住时间,什么都不做,只在一件事情上孤注一掷:卡尔雅没当上诗人,不能像他们那样紧紧地裹住黑色背心,让十二音步和西方的咒语在背心里跳动,直到闷在里面爆出一声"妈的"。他只是一介艺术家——时间富余的自由人,每天换背心穿,天天寻思要师从纳达尔还是雨果,要去拜库尔贝还是甘必大为师。言而总之,他就是写写诗,拍拍照片。正所谓二把刀是也。

卡尔雅看见天井里的阳光下飘着五条马拉美才会用的披巾,披巾盖着浓密的头发。

他等着小伙子们,等着把各位请到家里。卡尔雅跟兰波一样,个子高,身板壮实(三个月后,在"粗鄙雅士"诗社聚会上,卡尔雅和兰波发生了争执。这次吵架颇有一八三〇年代的风范,兰波挥舞神秘的手杖刀刺伤了卡尔雅,我们甚至能想象出,见到这幅场景的小伙子们在场依旧保持着风度)。一群人把兰波推到他面前,两人握了手,不知是谁告诉卡尔雅,他今天要给这位写得一手好诗,但他目前还不认识的毛头青年拍写真。卡尔雅还清楚,乳臭未干的才子一个比一个刺头,所以他像往常一样,立马摆出凡事好商量的神态,他希望一会儿拍照的时候,兰波能挑到舒服的姿势。可我们不知道,这两位在一八七一年都说了什么。大家伙的礼帽挂在门口的钩子上,这里吊一顶,那里吊一顶,还有一个干脆放在其他帽子上面。他们也许喝了一杯。卡尔雅全程站着,兰波找位置坐下,什么也没说。换作我们在现场,肯定会发现这些矫揉造作——穿衣打扮、周末拜访、热情款待——让兰波很是恼火。想当年,有位摄影师走过记忆里再也找不到的榆树,来到夏勒维尔小镇,他的脸上见不到什么光泽;妈妈弯下腰,检查胳膊上牧师袍子扯成的碎布条,一边把花边弄蓬松,一边把它们别到身上,此时的兰波心里只想着臂章和军帽。想到这些,兰波突然臊红了脸。在记忆深处的羞耻与爱背后,他畏惧,又跟自己生闷气。如今他面前的这位摄影师不是从什么榆树里爬出来、睡不着的流浪汉——人家是巴黎人,可是给波德莱尔照过相的大师。

大师俯下身子,在他头顶上打量着他。

两位赤子脸对脸地看着对方:一位只会写雨果风格

的诗,但他完美地悟到了雨果作诗的精髓;雨果的诗运飘摇不定,见识过所有"高蹈派"的他心里直打鼓,发现以人生为诗既不意味着在巴纳斯山上拿下头名,也不是去什么地方摘下桂冠,以人生作诗不是别人赏来的名次;还因为他发觉诗歌走下了神坛,在洛雷特圣母院路上,通向空洞的陡坡把你带去布鲁塞尔的宾馆——或是带你坐到根西岛的立桌前面。你好似顿悟了魔法,一脸威严,再努力也只是蹩脚诗人:朝根西岛而下的坡路,兴许能碰到不少向上爬的机会。于是他面朝陡坡收住了脚。说完这位,另外一位小伙子弯腰侧在他头上,这位摄影师知道自己名声在外,却不太明白为什么自己有一席之地,他以为他的名声来自艺术家的身份——此时的他,不过是时间的代理人,他跟"巴黎的先生"一样,注定要跟时间打交道,却无法承担任何责任。他端详客人,发现他的领带松得有点往下垂:他看见领带的颜色,究竟是什么色,我们就不清楚了。黑白的照片看不出来模特的坎肩是红还是黑。他心想,等下要摘掉客人的领带;很快又改变心意,眼前这位年轻人是诗人,诗人就该让领带耷拉着。在门口放衣帽的地方,礼帽在阴影里暗暗发光。兰波张嘴说了句话,估计有点猥亵,因为大家一听见都笑了,一切都那么漫不经心,黑色的衣服在那一丁点阳光里踱来踱去,复立在阳光中。他们抬脚迈进门,走到工作室里。

十月透过玻璃落了下来,蓝色的光刺眼睛。当然,外面刮起了风,外边的天广阔许多。房间的花盆里栽着高高的植物,炙烤的阳光让它们越发鲜艳,花木焕发出神采不比光线晒出银盐快,饱含的热情倒是同一分。巨大的相机端坐在三脚架上,在车厢一般的皮箱里静静地等待指令。这门架起来的大炮上严丝合缝地套着个圆筒:一大片一大片的黄铜和黑色的胶木嵌在一起,冒出了火光。接下来要看坐台,台上摆着凳子,凳子后面挂着阴郁的黑布。二把刀们站在他对面,倚着墙,嘴里有一句没一句地点评——大家希望自己的意见最一流。卡尔雅回来的时候拎了几块板子。他敲敲板子,卸下炮筒,戴上黑头套。兰波写出《醉舟》,他写诗就跟要死一样,满脑子想的都是《醉舟》。《醉舟》是为高踏派用心打磨的作品,鉴于它被润色过了,严格地说并不能算得上诗,但无论如何是他的作品。他脖子下面的线越来越明显。头上的天空飘起铜屑。片片金箔从结了冰的玻璃上滑了下来。《醉舟》的百行诗句倾斜而下,隔在他和那袖章中间,隔在他和那天井中间。兰波起了个头,沿着沉沉的河向下,随后跑起来,最后跳起了舞;他的嘴唇一动不动;腾起身子的是他的母亲。母亲弯腰看着诗的碎片,是她写下了一百行符合高蹈派心意的诗句。是她在抽泣,是她在坠落,最后起身、凯旋的,也是她。她潜了下去,游回来的时候像是水里的一把干草。黑头套下的卡尔雅说,头往旁边动一动,这么挪,这么放。兰波照着他说的做,脑海里在调整一行行什么都动不得的完美诗句,无动于衷的诗句一行一行地坠在心间,似浪又如风。诗的半句摇摇晃晃,十二音节一句一句地滑过农村姑娘的心头,她突然哭了出来,复又放声大笑。这些全是她写的,是她走下了帕纳斯山。天空像父亲一样倒扣在他的头上,有那么久,兰波都没喘上来气。卡尔雅按下快门,光线一股脑拥到卤盐上,把它们烧个底掉。那一刻,兰波有点怀念欧洲了。

所有人都知道,那年十月有这么一瞬间。这也许就是真实,只不过一种真实在灵魂里,另一种装在身体里;我们只看到身体里的那一个罢了。人人熟悉那头凌乱的头发,那双许是蓝色的瞳仁,他的眼神像阳光般清澈,看的却不是我们。眼神从我们左肩穿过去,看到了盆子里长出一株植物,它朝着十月生长,冒着烧焦的味道。我们随他的眼神看到未来的他轰轰烈烈,看见未来的他告别诗坛,看到他忍受的痛苦,看他写出《地狱一季》,看到他去哈拉尔,看到了马赛把他的腿锯下来的锯子;他也许跟我们一样看见了诗歌,循规蹈矩的幽灵乖巧地认出了自己的模样,它在那凌乱的发丝里,在天使的圆脸蛋上,更在赌气的少女身上。可它偏不在寻常的地方,躲在左肩膀后面,我们一转身它就溜走了。我们看到的是身体。这么说来,我们就能从诗句里读出灵魂吗?突然有阵风穿过这片阳光。走廊里摆着黯淡的主教冠,四围见不到任何标记。二把刀们的手垂在身旁,他们不知道,那对紧锁的嘴唇念出了《醉舟》的诗句,甚至怀疑它们会不会读诗;这些人也留下了照片,它们坐在凳子上,说要抱着二流作品死去。就连我们都不知道,卡尔雅在兰波想到哪句诗的时候按下的快门,也不知道他把哪个词装进了黑箱里;不,我们甚至连此时的兰波是否怀念欧洲都弄不清。能看见的,是浆衣妇的双手,那条永远耷拉着的领带,可连领带的颜色都看不出了。

卡尔雅给兰波拍过的其他底片,我们都没见到——两人掐起架来,卡尔雅把底片都毁了。他不知道,他快门一按就拍出了绝世的作品。此时的小伙子们围坐地上,嘴里讲着笑话,兰波独自坐着,他们像是唱诗班里洒圣水的孩子,让他烦得不行。这些人的身影霎时失了焦,毕竟我们不能一下午都待在这里。照片拍完了。卡尔雅拿着底片走到一旁,一边是泡水的桶,另一边是要用的硝酸盐:洗相片等不了太久,小伙子们认得出门的路。大家拿起帽子,只剩光秃秃的帽架在走廊里。天垂在五人身上;他们走到街上,十月的阳光黯了下来,树随着风在动,金色的树叶跟着风的简单旋律飞啊飞。他们仿佛踩着一颗颗宝石。它们扶住帽子,黑色的光倏地冲下坡去。他们穿过巴黎城,凭北斗星闪烁七次,便来到苦艾酒学会。

再说诗人热尔曼·努沃

且说热尔曼·努沃,诗人;人说阿尔弗雷·梅拉、拉乌尔·蓬雄、斯蒂凡·马拉美,都是诗人;埃米尔·卡巴内尔,是音乐家;亨利·方坦-拉图尔,是画家;雅克·普特,是布拉邦特的出版商;传说中苏伊士运河那头的皮埃尔和阿尔弗雷·巴尔代、凯撒·提昂,是生意人;苏提罗,是负责买卖的雇员;保罗·索莱耶、朱尔·博雷利,是探险家;孟尼利克是国王,马康南是埃塞俄比亚的拉斯,也就是大公;扎米是年轻温柔的美男子;亚罗索殿下,掌管着全是背信的教徒的教区;却说六个阿比西尼亚的黑人抬着担架,赶忙把兰波送到海边;在苏伊士运河这一头,尼古拉和普吕艾特医生火急火燎地开了一把锯子治病;相传他们把兰波的腿锯下来之后,同一家医院的肖利耶神父坚持让兰波吃圣体饼;兰波忍着剧痛央求妹妹伊莎贝尔·兰波让他早点去见神,说不定还问她要金子,让她找几个年轻男孩子来,具体求她什么,我们永远都不会知道了;不久之后,夏勒维尔来了三两个白皮肤的挖坟人,他们跟阿比西尼亚人一样没有留下姓名,许多人赶来看兰波,神话正躺在他们眼皮底下,就是眼前这位身板长长的年轻人,他老了许多,在弥留之际徘徊。年轻人的怒火有些钝了,他再也不用为了保持愤怒,把维吉尔、拉辛、雨果、波德莱尔和小邦维尔统统供在书桌前。摆在面前的不是小桌板,而是一张工作台,台面上放着给刚刚说到的这些黑皮肤、白皮肤的修补匠们看的文摘。所谓修补匠,譬如跟他有关的伊藏巴尔、邦维尔、魏尔伦,还有他生命中的诗人、父亲、兄弟,那些把幽灵的军号传来传去的他们,每个人都值得专门写一章。

这些章节,我就不写了。

这些人,我就不管了。

可你,你是出身杜埃和孔福朗的年轻人,这些人你都见过,应该比我更熟悉。你把车停图书馆前,抬腿迈下摩托,摘掉随身听,穿过漆还没干的穹顶,走进冷冰冰的房子里,里面沉睡的人与你有千丝万缕的联系。你问穿着灰衣服的门房哪里有座,他指了指名人画册;你弯腰掸了掸座位,重新把刘海扶到额前。或许在那个时候,你感觉伸出的翅膀撑破了摩托车服。你要的不是邦维尔、努沃或魏尔伦的作品集,你想要一本七星文库版的兰波画册。

你以为画册中,在一幅幅曾经活着的人留下的肖像里,能找到《彩图集》里盘旋又消失不见的意义。

这些人你都见过;你在小开本的画册里翻到过他们的照片。你一张张地翻,他们盯着诗歌的眼从画册里直冲冲地朝你扑过去,你一页页地看,心想什么样的人才算旁观。你想过聚在这里的肖像里空空如也,可你盘问他们的时候那么虔诚。有些人在画册里是看不到的——阿比尼西亚的搬运工、阿比尼西亚的男孩、布拉邦特的出版商,但你在脑海里看见他们和兰波有一段共同的经历。在孔福朗的图书馆,我趴在你肩膀上,透过你的眼睛看到了他们。如果这些人是书商,我看到他们把《地狱一季》装成对开本,神奇的小书比面包更能填饱肚子,但比干巴的面包嚼起来更让人丧气。如果他们是诗人,我看见他们不知餍足地抄着墨水未干的《彩图集》,抄着一段段文字的漩涡,语言在那些漩涡里裹挟着意义逃得不见踪影。我还看到他们嘴张得老大,跟当年维塔莉在夏勒维尔看到模仿维吉尔写的诗时一样。我们看到,作客伦敦的热尔曼·努沃在一张"彩图"中突然抬起头,看到他骄傲的侧影,留着诗人才有的山羊胡,惆怅地看着消失殆尽的意义。如果他们是商人,我看到他们跟一位名叫兰波的商人正在拆羚羊皮,意义就装在羚羊皮里。如果他们是国王、大公,我看见他们对着一箱箱步枪讨价还价,铅弹是步枪的意义。如果他们是画家,你便会看见他们拿出一幅画,名叫《餐桌一角》,还会看见他们在巨幅肖像画上添了六位堕入深渊的诗人:伯尼埃,布莱蒙,艾卡尔,瓦拉德,戴尔维利,佩尔唐。群星之中有两位闪耀的诗人——魏尔伦和兰波。他们坐着一样的椅子,呼吸着一样的空气,喝着一样的酒,连看着身后浮名的眼神也是一样的。英气逼人的埃尔泽阿留着一八三〇年代的发型,戴着黑色的主教冠,兰波坐在他的正下方。你看见兰波最终戴上了主教冠,历史的仙女移步来到他的身旁。这张神秘的《最后的晚餐》,布局与通常的画作不同,赤子没有坐在小伙子们中间,只不过把手摊在桌子上,掌心对着年轻的小伙子们。他们两人与宾客们有点脱节,身子稍稍侧着,你看到这张现代的《最后的晚餐》赞叹不已,心里却满是疑虑。这些人画画的时候,应该察觉到了两人的突兀,但还是把它画了下来,画已至此或许出于偶然,但它营造出了某种神妙的情绪。如果他们懂得如何戴着黑头套、在光线下面摆弄硝酸盐,懂得操作这门黑暗的技术,那么他们的样子我已经看了不下一百遍。可我还想再看一次,看他们仿佛基督身边围绕的光圈聚拢簇拥着,那光圈比维罗妮卡面纱的名声更响亮、更空洞,更应此情此景。我还想看高高的圣像永远耷拉着的领带,那条我们永远猜不出颜色的领带。我看见他,也许我们全瞥见了若有所思的卡尔雅,他盯着飘来荡去的领带,心想拍照之前要不要把它往上提一提。就在眩晕的当口,我们突然看见卡尔雅把椭圆的相片摔在天平的托盘上,那相片是他毕生的作品。我们还看到了苏提罗,这位出身希腊的小雇员很少给别人拍照片,他的老板兰波没顾得上摆造型,走过去教他怎么戴黑头套,教他看哪个口子,捏什么开关,按哪一个快门。苏提罗个子不高,长得像只狒狒,操着自己学成的法语。我们看到他走进香蕉树丛,相机摆得太远了,匆匆地留下兰波老板最宝贵的影像。戴着头套的苏提罗在相机前后忙活来、忙活去,这相机是花了好多钱从里昂寄来的;在他身后,从很少能横穿沙漠的东西中间,我们看到了沧桑的兰波。他的眼里有位住在夏勒维尔的老妇人,相片就是寄给她的。这些人都见过兰波,跟他说过话,他们不谈作诗的音韵,就会聊起步枪的买卖。我看见他们的时候都没了声音,一个个狡黠地笑着。如果他们就是那国王大公,我看见兰波握拳敲桌子的时候,他们一个个振振有词,桌子比兰波拍得还响。这些人,我再也不会说他们了。

因为我已经说过,常人同兰波这样的人打交道,方式只有三种。他是化成人的诗歌——性格固执,被仇恨捆住了手脚;他敲开一扇扇拍打着的门,朝着给那无限却不知爱谁的爱。心中交织的爱与恨在"道"里找到了完美契合的替身,这替身不走路、不念想、不抱怨都能活下去,但"道"塌了,替身便不复存在。我们讲过大家面对兰波会如何表现,若想在他面前维持人的模样:通常会像伊藏巴尔,突然超越常人的存在,假装自己并非凡人,高调地宣布从未当过一天凡人,但眼神往回一瞥,骄傲的肩膀就瘫了下来。要么像邦维尔永无休止地回答他的问题,点评他的作品,跟他讨价还价。其实邦维尔知道,买来卖去是假把式,在诗歌的地头上称东西,大王们总是把金子做的剑扔到天平上做筹码,所以要不停地买卖新东西,年复一年地写一堆破烂增加自己的重量,可那天平纹丝不动——我不过是出于方便,把这一票人统称为邦维尔而已。最后的方法就是,跟魏尔伦一样把他撂倒,用子弹射下所谓的"道"。如果还有一些我不知道的姿态:当然,盲目依顺、像小孩照顾狗一样照顾大人逃不过我的眼睛,兰波对待苏提罗用的是小孩养狗的方式。不过我对依顺不感兴趣，百依百顺并非文人的脾性；依我看，文学不停地向前推动，跟顺服的心性没有半点干系。

我想，关于兰波就讲到这里，反正有香蕉树里的苏提罗陪着他。两人的手足情总是出乎大家的预料：兰波扛着三脚架上的相机走来走去，苏提罗脚太小，得多花点力气才能追得上老板大得离奇的脚步。眨眼间，老板消失在路边的棕榈树里，一同消失的还有他刚想得完美、随即又被否定的节奏，有要删掉的词句，还有挂在嘴边的"他妈的"。说不定他在树林里又骂了一句，像是玩笑，又似挑逗，他消失在树荫下是为了让苏提罗看在眼里。于是，棕榈叶在苏提罗身后合上，两人仿佛在树下休息。老板想要把童年的酒喝个痛快，无济于事，他喝醉了倒在地上，身边的仆人看他酣睡。不见人影树林里只剩一片寂静。树荫下没有军号的声音，可是，遥远的巴黎吹响了号角，大家撑起崭新的旗帜，上面刻着兰波的名字。从前旗子上的雨果、波德莱尔和残月都不见了——大家已经准备好，等着黑暗仙女念咒作法：可怕的魏尔伦写出了隽永的散文，达尔桑、巴尤、吉尔、孟德斯鸠、贝里雄、古尔蒙，这些诗人在纸上比画出驱魔的符咒，带点通灵人的气息，浑身只有利穆赞小学生的气象。不久之后,克洛岱尔被关到圣母院里,布勒东挥斥文字,荒唐地给诗歌排高低座次,在这之后,可怕又可怜的伊莎贝尔寄出一封封温柔的信。此时的巴黎,所有人都认得椭圆肖像里面的人是谁,仿佛那是一面镜子,镜子映出了自己:人人蓄势待发,想要推动诠释的转轮,推动阐释的石磨,想要破解像紧握的拳头牢牢地攥着意义的诗歌,那些诗歌来自绝望的生命,是一个个被砍下的拳头。此时的兰波正酣睡在香蕉田里,似乎闭上了嘴,一场关于他为何沉默的混战才刚刚开始。鉴于我也是这场论战的一分子,依我看,兰波闭了嘴,是像马拉美说的那样"他活着的时候就做出了诗歌",是大家再不会优先考虑语言这回事了。来自夏勒维尔的兰波多么希望大家能看一眼语言——可他后来发现,所有人都关心的事情,或许只有金子(阿蒂尔·兰波,我衷心地期盼,你有一天能真的不顾一切地拴上这条别人借给你的金腰带,它能帮助沙漠中的你做任何事情)。

最后,假使我能强忍心中的遗憾,不提金腰带闪烁出的浪漫与迷幻,全是因为萨达那帕拉死的时候披上了马木留克近卫军身上的红背心。但我还要说,兰波不写诗是因为他永远无法成为作品的儿子,无法接受作品像父亲一样缔造他。无论是《醉舟》《地狱一季》还是《童年》，他从来不想委身于作品，就像他从来不愿意变成伊藏巴尔、邦维尔和魏尔伦眼里的毛头小子。

突然有彗星从我眼前滑过。还有那金腰带、银河和你们，你们是天上的明灯，一同滑过的还有那些照片。

这是我最后一次提《圣经》了。

相传，魏尔伦经布鲁塞尔一遭被投进了蒙斯监狱，兰波动身去香蕉田前回了趟老家。就是这位众人唾弃的年轻人，怀揣女儿心思的大老粗，他在阿登的谷堆里，在罗什这个先人们把生命寄托于一次次徒劳的收成的地方，在他们生下维塔莉·居伊夫的田头与树间，在收获时节写出了《地狱一季》。这本书在别处动笔，可能路过住着巴力神的地方，途经臣服于巴力神烟雾缭绕、魔幻爪牙之下的座座大都市，最后诞生于高度开化却极其偏僻的村庄，降临在丰收时节古来有之的清朗日子里。土灶搭在两辆拉干草的敞车之间，庄稼人坐回灶头休息，就在这个时候，他的哥哥、两个妹妹挽着七月天里面似十二月冰霜的妈妈走了过来。天色像是下午四点的样子，农民们借彼此的影子纳凉，他们在阴凉里分面包，趁着冰酒的劲儿勇敢地钻回日头下，再次跳起忙碌的舞，忙着收庄稼的人突然听到写出《地狱一季》的诗人断断续续地抽泣。一百多年来,我们从他哭声里听出了哀愁,听出了痛失魏尔伦、文学野心的覆灭和翅膀挨了枪子儿的苦闷。愁绪万分的还有通灵,那召唤语言的魔术,还有《地狱一季》嘲笑起来从不知遮掩的荒诞闹剧。可我想,他那呜咽和哭泣声,那哐啷啷捶着桌子的拳头,是不是并非超越一切哀伤、自古就有、纯粹无比的快乐呢?哭泣的,大概是那伟大的诗法,你平生只有那次偶然是命运眷顾,命运的恩典让它落在纸上:诗句拽着你向前走,那哭泣是你连连叫苦的动静;节奏猛推了你一把,那哭泣是打碎你的声音。前行途中突然怔住的你道出了真,大声地说出意义,你也弄不清是怎么一回事,反正那一瞬间落在纸上的,是意义,又是真。把真说出口的年轻人就是你。这次回来,你不仅回到了阿登某个可怜的山窟窿里,回到了狼窝,又回到了皮肤黢黑、失去理智的老妪身边,你用粗糙的手、带着农村汉的悲痛和那颗女儿心,用双手在词语砌成的破布堆里硬生生抠出了意义。那破布是一袭六月的衣裳,跪在它前面哭的人就是你。低处收庄稼的人们拿起放到四点的陈面包,蘸着掺了凉水的酒一起吃,听到可怜的阿蒂尔哭出来的刹那,递给彼此一个同情的眼神。他们都错了,啜泣传到他们耳朵里,仿佛《赞美颂》开头的"圣哉、圣哉、圣哉!",它们是《启示录》里国王们不知疲倦地仰望着神的荣耀,口中一遍一遍地颂唱的圣歌。可没有一本书能告诉我,《赞美颂》里诸王高呼"圣哉"的时候是不是也会抽泣,兴许传到农民耳朵里的,正是国王高声祈圣的声音。先不论"圣哉"正确与否,兰波眼馋的不是神的荣耀。他的出生与创作适逢可悲的十九世纪末,他面前的书桌映出了"正确"的诗句发出的空洞光辉,神从这些诗里遁形已是许久之前的事情了。或者待到黄昏时分,村民们蘸面包用的还是下午四点的那口碗,不过碗里的酒早就换成了咖啡,他们这时听见的是另一种同样古老的声音。它是猛烈、独断乃至暴虐的"铁声",是年迈的先知们跌落凶险的人间时发出的哀嚎。先知们知道,自己的只言片语比不上那三声召唤神出现的"圣哉",于是他们咒骂神,哀怨回荡在黄昏时分空旷的蓝天里。先知们活像《启示录》里尚未称王的小耶利米,躲在谷仓里大声骂人。

归根结底,大家读不懂《地狱一季》,只知道它是高高在上的严肃文学,这么说是因为,有两股声音在书中扭打在一起,它们来自爱怜圣婴的神和出离愤怒的先知,他们的声音都被写进了文学。点评《地狱一季》的人比评注福音书的还多,从未有人能为这本书在颂神的圣歌和亵渎神灵的作品中找到明确的位置。《地狱一季》是绝不轻言放弃的遁世,是与不是分得没那么清楚,我们只能戴上丝制的教士帽,才能辨别此中的是与非。他们说,西方诗坛在他的书前栽了跟头,矛盾的诗句像拉着水磨的轮子,在字里行间转啊转,言语间的抵牾像是碰到水轮的河面碎开了,但合上书后,词语像是被运回河里的水那样毫发无伤。你看那些词多么开心,像是水轮里的水。我们没法给出结论,说这本书终结了西方的诗,还是往前推了它一把,但大家不管对错都会同意一件事:年方十九,在阿登某个谷仓里写出这本书,本来就是写作的神迹。那一叠书页神秘如约翰,艰涩如马太,像马可一样只会说洋泾浜,又像路加的文字闪烁着文明的光。《地狱一季》胜似出自大数的扫罗之手,它带着现代人的戾气,因为这一页页是为了反写《圣经》而作,它们把《圣经》当成对手。可是书里总少了点什么:除了照搬福音书,纸片只能描写空洞又苦楚的自我,尽管自我是他人——并非真正的他者,是身上藏虱子却荣耀无上的拿撒勒人。从福音书望去,《地狱一季》的写法大概已经沦为老套。那又如何,它在今天已位列供奉着文学福音的神坛。小耶利米笑到了最后,身处文学中的他比文学更有力,是他拿住了我们。

又是他,写出了《地狱一季》。

我脑海里是他趁夜步出罗什的院子,彼时的庄稼人都已经躺下。兰波跟大家一样干了好些活。那是一个七月的夜晚,天上有斗大的星星,仿佛置身于波阿次的故事里,沉沉的谷堆在星河下酣睡。我看不见兰波,可他就在那儿:凌乱的头发,瞪大的双眼,摊开的手掌,面孔深沉又隐秘,像是定格的姿势,全身隐匿在夜晚微凉的黑暗里。他正面对柴火堆蹲着。我听见他的声音,他嘴里念着白天写的句子,情绪激昂,自打上帝离开人心之后,世间再难找到相当的激情。倘若空气里有神灵,倘若像波阿次的诗所言,他们犹爱在丰收之夜嬉戏,神灵一定听到了这股激情,他们在犹太、罗马和圣西尔,在语言因激情而顿挫的每个角落,都曾听到过如此的激荡。他们太了解这激情了。我们也认得它,知道它存在,却不知道激情到底是什么。我们不知道,究竟是什么充盈在固执的男人心里甚至可以说是女儿心里,是什么与他嘴边的词句一同震颤。只见那些星星时而专注,时而分心,眨着眼睛。黑暗中的声音把《地狱一季》念给星星听。他合起摊开的大手,越念激情越澎湃,竟念出了眼泪,我们这才明白,激情一直都在,或许它是属于十二月的快乐。那这快乐是力量吗?是因为他现在像雨果、波德莱尔、魏尔伦和小邦维尔,成了世人皆谈的大师吗?是因打仗而开心吗?是因为挣脱了我们得以立足的十二音节的枷锁,是因为拆解了旧的诗法,让所有人像黑夜里的柴堆一样七零八落、一言不发吗?是把诗拆成了不停续写的破烂,拆成了黑夜里的柴堆一般忧郁又无用、无言、无忧的东西所带来的苦乐吗?这快乐是像繁星一样远离柴堆与世人、只照亮彼此,是送给星星的光吗?这快乐属于六月吗?它是神灵吗?这温柔的喜悦,是因为发现了新的祷告、新的爱与新的约定吗?但那,是与谁的约定呢?星光在黯淡的纸页间跳着舞,房子沉得比夜晚更黑。啊,大概是因为终于能和你在一起,能抱抱你,妈妈!你从没读过我写的书,为何你睡在天窗下手里还攥着拳头。妈妈我为了你,在不能用语言祭奠你、在禁闭中的你找不到出口的时候,发明了这套言之无物的语言。我拉开嗓门是为了在很远很远的地方,跟你聊聊余生再没跟我说过话的爸爸。是什么不断推进文学?是什么促使人类写作?是其他人,是他们的母亲,是星星,还是古老却伟大的命题,譬如上帝、语言？唯有神灵知道答案。空气中的神灵化成翻动纸页的清风缕缕。夜幕骤起。月亮初悬,柴火堆前的人影不见了。睡在粮仓的兰波在纸片里翻个身,背靠着墙,沉沉地睡了去。

附录

兰波之后,赤子之前

关于"这小子"

《兰波这小子》的法文书题为 *Rimbaud le fils*，题眼 le fils 是破解本书的钥匙，也是译者在翻译过程中遇到的最大难题。几经请教编辑、策划人与学界同行，译者最终决定将 le fils 译为"小子"。但纵然是这个译名，也不能穷尽书题的内涵，故有必要在此解释说明。

Rimbaud le fils 是法语同位结构，中文也有类似的语法结构，如"语文老师王小明"。人名中的同位语涉及此人的头衔、职业、身份、家族、父子或兄长排序，从而揭示出后人对其的整体认识或历史定位。那么，将法语中的同位结构转换为中文，势必面临一个问题：书题中的 le fils 该作何解？

第一种理解方式，可以参照奥古斯都的名字。这位罗马帝国的皇帝在不同场合的名字不同，较为正式与常见的是 Imperator Caesar Divi filius Augustus。其中的 Divi filius 意为"神之子"。可是，奥古斯都并非凯撒嫡出。米雄通过本书第一章暗示，兰波的处境似乎与奥古斯都相仿。两人均为在历史上留名的人物，生父却寂寂无名,他们的功绩与荣耀并非来自血脉。具体到兰波,他也并不想成为"谁谁的徒弟",因此译为"……之子/的儿子"并不恰当。

第二种理解方式是,将 le fils 理解为小写的 le Fils。法语中的 le Fils 专指耶稣,关于这一点,《但以理书》写道:"我在夜间的异象中观看,见有一位像人子的,驾着天云而来,被领到亘古常在者面前。"很显然,这种理解方式着重凸显兰波诗歌的神圣,与"少年诗神"的称呼不谋而合。对于诗歌神圣性的问题,米雄在小说中反复谈到"天才"。在他的理解中,后世放大了兰波的诗才,将其长期供在诗坛之上。当然,这部作品的用意并非贬低兰波,而是希望告诉读者,所谓"诗才""天才"是对法国诗歌传统的继承性反叛,也是兰波本人反复修改、提炼打磨的苦功夫。一些专家提出,《地狱一季》对福音书进行了某种程度上的仿写与反写,其中不乏自传性的片段。尽管如此,《但以理书》等篇目并未出现 le fils 的译法。将标题直接翻译为"人子兰波"似乎不妥。

第三种理解方式是,取"儿子""之子""人子"的公约数"子",并结合少年的热血形象,将 le fils 译为"赤子"。拳拳之心与兰波的形象多有重合之处,但结合米雄的作品来看,"赤子"之心并非始终贯穿着兰波的生命。首先,在卡尔雅摄影一节,米雄显然取"赤子"的贬义,即,志向远高于能力、不甘于平凡的年轻人。其次,在最后一节,作者提到了兰波出走巴黎诗坛、远赴非洲做贸易的那段人生。对于兰波放弃文学的动机,后世的研究者看法并不相同。根据现有资料,兰波并未得到巴黎学院派的一致认可。虽然他有几位赏识他的朋友,但无人认可其实是他平生遭受的最大打击。文中谈到的兰波的一些举止,特别是他的穿扮与口头禅,与当代中文里"赤子"一词的内涵相去甚远。

总结起来,上述三种理解方式暗合兰波的三种形象——诗坛宠儿、少年诗神和文学赤子。《兰波这小子》于兰波逝世一百周年出版,纵观全书,米雄似乎并未着力为兰波立一本全面深入的传记。一定程度上,以兰波写完《地狱一季》在谷仓睡去一幕收束全文,读起来更像是断章。更不必说,米雄通过传记性虚构,对以上三种形象作出了全新的阐释。

诗坛宠儿不假,但也正是在兰波手上,诗法被拆解得"七零八落、一言不发",变成了失法。少年诗神不假,但他少年成才,一路工诗、逐名,在文学的殿堂巴黎惨遭流放。文学赤子不假,但他断然放下诗歌与爱情,勇敢奔赴完全不同的人生。我们不妨重读一遍题献中那句马拉美的诗:"你我之间横亘百年,现如今,是一片落满雪的田。"

一部传记,却在传记主人的人生中段戛然而止。一种虚构,却大量征引现有的文献与图像资料,甚至将兰波许多诗句铺排在文字之中。时隔百年,面对这位已经溶入法国文学血脉的小伙子,这本书的标题更像是发出了一声世纪之叹。

"兰波这小子!"

兰波的诗究竟有哪些新意,作出了哪些尝试与突破,以至于今天仍被看作诗坛宠儿、少年诗神和文学赤子?时间回到一八七〇年,法国政府宣布战败,巴黎公社次年成立。法国文学也一同经历了革命:欧洲展开了关于"理想之美"的辩论,崇高、纯粹、引发读者同情从而实现"净化"的美遭到质疑,日常甚至低贱、混杂、让人厌恶而产生的美逐渐进入文学视野。这两年间,路易斯·米歇尔(Louise Michel)的《和平示威》[①]和欧仁·鲍狄埃

---

① 柳鸣九著,《柳鸣九文集》(卷6《法国文学史》下),深圳:海天出版社,2015年,第47页。

(Eugène Pottier)的《白色恐怖》等一系列文学作品呼应时局，兰波则用诗歌《萨尔布吕肯的光荣胜利》(L'Éclatante Victoire de Sarrebrück)和短文《俾斯麦之梦》(Le Rêve de Bismarck)见证了革命。

对兰波来说，诗的革命不仅在于用抒情传统直面历史，在于打破诗歌韵律与节奏、从而发现新的抒情，更在于辗转不同版本——兰波手稿，保罗·魏尔伦（Paul Verlaine）誊抄与编录的版本，与师友书信来往后的附诗，各个版本的《兰波全集》①与书信集——仍未被穷尽的诗意。兰波以"通灵人"回应从古罗马延续到十八世纪的关于"美"的辩论，凝结了戏剧诗、史诗与抒情诗面临"诗的危机"②时关于自身使命的思考。"通灵人"已经成为法国象征主义的代表性宣言，不断启发后人构建诗与民族的共同体。

---

① 魏尔伦编录的兰波作品集主要有《诅咒集》(Album zutique)、《被诅咒的诗人》(Les poètes maudits)。兰波的师友主要包括保罗·德梅尼(Paul Demeny)、乔治·伊藏巴尔(Georges Izambard)、泰奥多尔·德·邦维尔(Théodore de Banville)、埃内斯特·德拉艾(Ernest Delahaye)、热尔曼·努沃(Germain Nouveau)。法国伽利玛出版社于一九四六年和一九七二年出版过《兰波全集》，本文对兰波作品的引用均出自"七星文库"二〇〇九年版《兰波全集》。

② Stéphane Mallarmé, "Crise de vers", Divagations, Paris, Bibliothèque Charpentier, 1897, pp. 235—251.

兰波诗歌的语言与形式

兰波在中学期间用拉丁语写诗。拉丁语是与古代诗人对话的文学语言,为引用经典和重写作品提供了可能。诗歌《春天》(*Ver erat...*)扩写了贺拉斯的诗作,另一首《新年已至》(*Jamque novus...*)是对同世纪法国诗人让·勒布尔(Jean Reboul)作品的改写。贺拉斯代表的文学传统认同诗歌的神圣与普适,主张从古希腊汲取灵感。兰波改写拉丁语诗歌时年仅十四岁,少年诗人用拉丁语致敬古罗马诗人,并借用作品中的阿波罗和缪斯形象委婉地透露出自己的文学野心:"阿波罗[……]用一束天上的火写在我的额头:'你将成为诗人'[……]缪斯女神们,用抚摸过我的手轻轻地把我托起,口中的预言说了三遍,把我头上的月桂枝系了三遍。"在德尼·狄德罗(Denis Diderot)和波德莱尔[①]的带领下,十八、十九世纪的法国

---

① 关于狄德罗,参见朱光潜著,《西方美学史》(上),南京:江苏人民出版社,2015年,第228—229页。关于波德莱尔,参见卡林内斯库著,顾爱彬、李瑞华译,《现代性的五副面孔》,南京:译林出版社,2015年,第49页。

诗坛转向关注"摹仿",兰波用拉丁语改写可以巧妙地避开"摹仿"之说,把文学灵感平整地铺排在作品中。诗人勒布尔作品不多,一八二八年发表的《天使与孩子》让他在诗坛声名鹊起[①]。勒布尔的《天使与孩子》是兰波《新年已至》的灵感来源:天使来到睡梦中的孩子身边,给他"戴上了不知何来的天上的光环,启示他不再是人间的孩子,而是上天的乳婴"。通过"上天的乳婴"可见,兰波诗的意识早已觉醒,在他的诗作获奖后,他的中学老师伊藏巴尔说:"对他是一种天意。"[②]

于兰波而言,一八七〇年是其诗的意识转变为使命的契机。同年九月五日,兰波写信给伊藏巴尔说:"您建议我别做的事,我已经做了:前往巴黎。"[③]就在前一天,巴黎爆发革命,法兰西第三共和国宣布成立。动身前往巴黎对于兰波有特别的意义。此前,统摄少年

---

① François-René de Chateaubriand, *Essai sur la littérature anglaise*, Paris, Furne et Charles Gosselin, t. I, 1836, p. 319. 这本诗集同时收录了该诗的拉丁语版本。弗朗索瓦-勒内·德·夏多布里昂、阿尔封斯·德·拉马丁和大仲马都曾上门拜访勒布尔。

② Yves Bonnefoy, *Notre besoin de Rimbaud*, Paris, Seuil, 2009, p. 90.

③ Arthur Rimbaud, *Lettre à Georges Izambard* (5 septembre 1870), in André Guyaux (éd.), *Rimbaud, Œuvres Complètes*, Paris, Gallimard, «Bibliothèque de la Pléiade», 2009, p. 336.

诗人的是后期浪漫主义、巴那斯派和象征主义这三个互有抵牾的文学运动汇成的血脉。譬如,《孤儿的零花钱》(Les Étrennes des orphelins)中的"孤儿"是当时法国文学塑造的经典形象:维克多·雨果(Victor Hugo)、阿尔弗雷德·德·缪塞(Alfred de Musset)、弗朗索瓦·科佩(Francois Coppée)和路易·贝尔蒙泰(Louis Belmontet)都曾以孤儿为主题创作过文学作品①。兰波到达巴黎之后,创作主题发生了转变,女性和战争出现得越发频繁。从孤儿到女性、再到战争的转变,投射出兰波的创作与现实之间的关系转变:浪漫主义提取的孤儿形象,同穷苦大众的社会现实之间呈现由点及面的投射,然而,兰波诗作中的女性与战争主题,与经典中的女性和现实中的战争并未呈现线性的象征关系。

《出水的维纳斯》(Vénus anadyomène)是兰波抵达巴黎之后留下的第一首诗。以出水的维纳斯为主题,将这首诗置于以路易丝·拉贝(Louis Labé)、皮埃尔·德·

---

① 例如,雨果《悲惨世界》(Les Misérables)、缪塞《威尼斯孤儿》(L'orphelin de Venise)、科佩《穷困潦倒的人》(L'épave)、贝尔蒙泰《小孤儿》(Les petits orphelins)。

龙萨(Pierre de Ronsard)和波德莱尔代表的歌咏维纳斯的文学创作和以桑德罗·波提切利(Sandro Botticelli)、亚历山大·卡巴内尔①(Alexandre Cabanel)代表的赞美维纳斯的绘画艺术的交汇处。画家与画作、诗人与诗作的关系类比,是从古罗马诗人贺拉斯一直延续到雨果、波德莱尔的"诗如此,画亦然"的传统②。兰波在诗中用"凹凸不平的背"等部位拼接出了残缺的、有悖于经典的维纳斯,甚至用表示排泄器官的单词与"维纳斯"押韵。这个残缺形象并非首次出现,创作于同年四月的《太阳与肉身》(*Soleil et chair*)③末节也塑造了残破的女性形象。由此可见,《出水的维纳斯》不是对神话原型的"摹仿",它绕开了单个形象传递的"爱"与"美"的讯息,转而借用神话中女性代表的自然所具有的生发力量④,呼唤着新抒

---

① 诗歌包括拉贝《美丽的维纳斯从天空飘过》(*Clere Vénus, qui erres par les cieux*)、龙萨《向维纳斯祈愿》(*Vœu à Vénus*)、波德莱尔《疯子与维纳斯》(*Le Fou et La Vénus*)。画作包括波提切利《维纳斯的诞生》(1486年)、卡巴内尔《维纳斯的诞生》(1863年)。

② Pierre Laforgue, *Baudelaire, la peinture et le romantisme*, Lyon, Presses universitaires de Lyon, 2000, pp. 141—143.

③ "温柔的少女毁于一旦",参见兰波著、王以培译,《兰波作品全集》,上海:东方出版社,2000年,第19页。

④ Pierre Brunel, *Mythocritique, Théorie et parcours*, Paris, Presses universitaires de France, p. 277.

情的诞生。鉴于此,兰波生平创作的第一首十四行诗①成为许多学者研究兰波诗歌的起点。

一八七〇年的下半年,兰波辗转于巴黎与故乡小城。法国向普鲁士宣战后,巴黎成为风暴的中心与革命的策源地,萨尔布吕肯战役、反对拿破仑三世政权与拿破仑被斩首被诗人纳为诗歌素材。兰波到达巴黎后失望不已,一是他发现不能以写诗为生,生存压力比诗的梦想离得更近②;二是贴满书店橱窗的革命檄文、讽刺短诗在文学与文字游戏之间徘徊,遵循传统诗法的作品无法记录动乱的时代③。不仅如此,充满噱头的讽刺短诗又抛弃了抒情传统。兰波酝酿于革命时期的作品没有采用宏大的历史叙事,没有将革命口号写入诗歌,而是选取普通人物作为主题,以传统的抒情方式娓娓道来——这些抒情诗不仅符合诗歌传统韵律和意义层面的结构要求,又能把革命中的普通人写进历史的群像。例如,《深谷睡者》(*Le Dormeur du val*)描绘了酣睡中的士兵,恬静的画面在尾

---

① 参见梵第根著、戴望舒译,《比较文学论》,长春:吉林出版集团,2010年,第59页。
② 《柳鸣九文集》(卷6《法国文学史》下),前揭,第424页。
③ 程抱一,《介绍兰波》,《外国文学研究》,1981年第2期,第113—114页。

句"两个红色的弹孔"戛然而止。兰波对革命的态度不及雨果《惩罚集》(*Les Châtiments*)的激情①,甚至兰波创作的《凯撒之怒》(*Rages de Césars*)、《萨尔布吕肯战役的光荣胜利》以及发表在反对路易·波拿巴的杂志《冲锋》上的《第一晚》(*Les Premières Communions*)等诗作中洋溢的抒情气质一度让学者质疑他在革命中的立场②。

二〇〇九年,安德列·纪尧(André Guyaux)教授主编的《兰波全集》收录了短文《俾斯麦之梦》。这篇论战文章是二十一世纪兰波研究的重要发现③,它不但明确地体现了兰波的革命立场,而且点明了兰波诗歌语言的形式与版本的问题。兰波致伊藏巴尔的信里写道:"创造未知需要新的形式。""缪塞非常糟糕,那一代人充满痛苦,脑子里全是怪诞的想法[……]小故事和格言平淡无味[……]波德莱尔[……]是诗人之王、真正的神。在他看来,被别人吹捧的形式全都是小家子气。"④此时的兰波

---

① 柳鸣九,《雨果诗歌论》,《外国文学评论》,1998年第3期,第95页。

② Pierre Brunel, *Rimbaud Sans Occultisme*, Paris, Schenk-Didier Érudition, 2000, p. 41.

③ 李建英,《关于兰波的"俾斯麦之梦"(幻想)》,《法国研究》,2010年第4期,第44页。

④ Arthur Rimbaud, *Lettre à Paul Demeny* (15 mai 1871), André Guyaux (éd.), *Rimbaud, Œuvres Complètes*, *op. cit.*, p. 348.

对诗歌的理想没有明确的概念，但他对形式有主观的判断，甚至会根据不同的读者微调作品的形式①。

兰波作品的读者包括魏尔伦、邦维尔和德梅尼。这其中，同为雨果朋友的邦维尔和德梅尼对于诗歌的态度截然不同。邦维尔倡导诗歌革新，一八七二年发表的《浅论法国诗歌》②批评十七世纪法国诗人布瓦洛（Boileau）的诗论。兰波在寄给两人的《太阳与肉身》中明确地改动了诗歌的结构——寄给邦维尔的版本遵循十二音节诗的传统，五个月后，寄给德梅尼的版本中却把顿挫放在非重读音节之后③。此外，不同版本标注的创作时间与诗脚注明的日期时常出现不一致。除了书信来往与出版必要的时间外，他有时会把作品的创作时间追认为历史事件的前后④。

---

① Michel Murat, *L'art de Rimbaud* (*nouvelle édition revue et augmentée*), Paris, Éditions Corti, 2013, p. 34.

② Théodore de Banville, *Petit traité de poésie française*, Paris, Bibliothèque de l'Écho de la Sorbonne, 1872, p. 39.

③ 兰波曾写诗致敬邦维尔，参见户思社，《试论兰波对现当代诗歌的影响》，《外国语文》，2010 年第 6 期，第 7 页。

④ 将作品的创作时间追认为重大历史事件发生的时间，这种做法不是兰波的独创。雨果经常采用这种做法，雨果追认的作品部分是为了纪念历史事件，还有数量可观的一部分是雨果的虚构。见 André Guyaux, Bertrand Marchal, *Victor Hugo, La légende des siècles*, Paris, Presses de l'Université de Paris-Sorbonne, 2002, p. 123。

从诗人手稿、魏尔伦的誊写版本、不同师友收藏与出版的版本可以看出,兰波在细微的改动之中不断寻求形式的突破。《惊慌失措的人》(Les Effarés)共有五个版本,分别是交付德梅尼的手稿、给让·艾卡尔(Jean Aicard)的信中附诗、魏尔伦的誊写版本、刊于《绅士杂志》的版本和收录于魏尔伦编纂的诗集《被诅咒的诗人》中的版本。同一首诗最早与最迟的手稿相隔八年,各版本在标点符号的使用上略有不同,魏尔伦的诗集把其他版本的每两个诗节合二为一①。添加破折号、将逗号改为破折号,是兰波改变诗歌形式的一次新尝试。破折号在诗句的结构之外重新串联了文本的意义,它引出的内容往往是情感充沛的慨叹,或是作品中诗人的旁白。从形式上看,寄给艾卡尔的诗作背后站着一位全能视角的作者,他身处文本的场景之外,却洞悉场景之内的情感走向;寄给德梅尼作品中的诗人真实地出现在文学场景中,他的目光成为了连接作者与文学场景的通道。

---

① 现存于法国国家图书馆的《被诅咒的诗人》,编纂时间大约为一八八四到一八八八年,二〇〇九年版《兰波全集》给出的出版时间为一八八三年。此书原稿后来由皮埃尔·贝莱斯(Pierre Berès)收藏,书中兰波的名字写为 Rimbau。从已出版的兰波的通信集来看,兰波与魏尔伦一八八四至一八八八年并无书信交流。

兰波诗歌的节奏与韵律

兰波对于形式的谨慎使得微调与改动不至流于任性与随意,然而,改动标点符号不足以打破诗歌的结构,原因在于,诗句的音节与韵律紧紧地联系着诗歌的意义。他在寄给德梅尼的信中写道:"通过漫长的、广阔的、经过思考的对所有意义的打破,诗人才能成为正在看见的人。爱情、苦难与疯狂的所有形式;诗人自己在寻找,他在身上试完所有毒药,只为留下精华中的精华。"[1]对兰波来说,打破意义并不在于破坏意义的内涵,而是拆解缠绕在意义上的诗句,然后在词语层面分割发音单位,从而实现"意义的不规则"。

兰波改造诗歌语言有明确的目标[2]:顿挫、韵律、诗体,这三者是在诗句、诗句与诗句之间、诗与诗之间的不同层次的结构。他的改造并非同时包含三者,有些诗句像是把属于两个时代的结构写进同一首诗。例如,一八

---

[1] 法语为 "dérèglement de tous les sens",见 Arthur Rimbaud, *Lettre à Paul Demeny* (15 mai 1871), art. cit., p. 343。

[2] 皮埃尔·布吕内尔教授称其为"方案",见 Pierre Brunel, *Rimbaud, Projets et réalisations*, Paris, Champion, 1983。

七二年的《乌鸦》(Les Corbeaux)采用传统形式,有学者根据此诗的结构特点,将其创作时间追认为一八七一年前后①。不过,这首诗的手稿已经佚散,亦没有明确的日期标注,以上研究与推断属于系统化的尝试。从一八七〇到一八七二年,兰波创作了一系列亚历山大体诗歌。对他之前的法国诗歌来说,亚历山大体的十二音节四平八稳,顿挫将诗句分为前后两个六音节的半句。音节和顿挫是两个层面的结构,音节数量关乎诗句的缓与急,或者可以说关乎诗句的长短,而顿挫好比诗句重量的支点,关乎诗歌的轻与重。

兰波一八七一年创作的《九二年亡灵》(Mort de Quatre-vingt-douze...)用标题与第一行致敬雨果的《九三年》。他后来将创作日期改为一八七〇年九月三日,前一天恰逢拿破仑三世在色当战役中战败。诗歌第十行"瓦尔米的亡灵,弗洛吕的亡灵,意大利的亡灵",十二音节的诗句被划分成4/4/4类似行板的节奏,一行诗句三次提到"亡灵",兰波借八十多年前拿破仑一世的英勇功绩讽今,还借用密集重复的"亡灵"为感受色当战役的沉

---

① Michel Murat, *L'art de Rimbaud*, *op. cit.*, p. 21.

重损失提供了形式上的直观。顿挫(césure)来源于拉丁语"切开、切断"(caedere),是诗句中重音音节之后的短暂停顿①,传统的顿挫把诗句切分成前后两个半句,用强弱交替体现诗歌的节奏。对十二音节诗来说,顿挫本应是诗句中的自然停顿,人为调整顿挫的位置相当于赋予相同的旋律以不同的节拍。

《醉舟》(Le Bateau ivre)是兰波最出名的诗作之一,整首诗在节奏与韵律层面、通过变化音节数量与调整顿挫位置创造出"醉"的意境。《醉舟》全诗有二十五节,每节四行,共一百行。前两节遵循传统,从第三节的"我狂奔!半岛犹如松开了缆绳/我从未经历如此壮观的混沌"②两句开始,出现了新的顿挫位置与音节切分。譬如,"我狂奔"一句是3/9的切分方式,顿挫落在"半岛"(Pé/ninsules)中间,完整的单词被诗的气息切开,与半岛连接大陆的方式有异曲同工之妙。相比兰波其他诗作将顿挫置于单音节词、失去重音的音节、单音节介词和主有形容词之后,"我从未"一句的顿挫恰好落在"混沌"(to-

---

① 陈定民著,《法语语音学》,商务印书馆,1990年,第227页。
② 法语原文"Je courus! Et les Péninsules démarrées / N'ont pas subi tohu-bohu plus triomphants",参见《兰波作品全集》,前揭,第136页。本文举例时微调。

hu-/bohus)一词中间。《醉舟》全诗有三十三行突破了亚历山大体的制约,其中有九行既不属于 6/6 结构也不属于 4/4/4 结构①,譬如"这时候,天空染红了碧波,迷狂"②一句在原诗中被切分成 1/9/2 结构。诗的节奏有时整齐规律,有时忽快忽慢,《醉舟》的"醉"意不但寄于飘摇在意识与无意识世界中的孤舟,它更明确地体现为节奏的突变与步伐的疾徐交替,二者的不协调恰似醉酒后醒意残存的意识世界。

不唯《醉舟》,兰波在《致敬音乐》(À la musique)第八行将顿挫置于单音节的主有形容词之后,在《正直的人》(L'Homme juste)中把顿挫置于单词内部。在魏尔伦一八八四年提出"音乐先于诗歌"③的口号前,兰波早已在诗歌内部通过调整节拍与移动顿挫,尝试拆分绑定音与形的韵律。在改变顿挫位置与音节切分之后,兰波的诗歌呈现出两种步调——一种是类似步伐的节奏,另

---

① Michel Murat, *L'art de Rimbaud*, *op. cit.*, p. 43.
② 法语原文"Où, teignant tout à coup les bleuités, délires","此时天光骤然染红了碧波,照彻迷狂……",参见《兰波作品全集》,前揭,第 137 页。本文举例时微调。
③ Paul Verlaine, *Jadis et Naguère*, Paris, Le livre de poche, 2009, p. 19.

一种是音韵组成的旋律。韵律体现辅音与元音之间的关系,兰波作品的韵律根据元音的个数、是否具有语法意义、是否连接支撑音节的辅音大致分为几种①。他在早期创作中使用动词的变位形式配韵,这种押韵方式在十九世纪的法国不被认可②,因为仅仅重复词尾的辅音不足以体现诗歌内部音乐的回响,直到后来才被诗歌研究者纳入韵律体系,称为"不足韵"。一八七二年以前,兰波不断丰富韵律的种类与形式,譬如《出水的维纳斯》末句用人体器官与维纳斯的名字押韵,《巴黎战歌》用截断的单词与模拟兵器发出的声音押韵③,兰波在附上这首诗的信中感叹:"多美的韵律啊! Ô,多美的韵律啊。"④

在创造新韵律的过程中,元音的核心地位逐渐凸显。在兰波拆解诗歌韵律的尝试中,《元音》(*Voyelles*)显得格外有意义:不仅诗歌中的元音串联音韵的波动,而且每

---

① Michel Murat, *L'art de Rimbaud*, op. cit., p. 102.

② Louis-Marie Quicherat, *Traité de versification française*, Paris, Hachette, 1850, p. 21.

③ "Vénus/anus","Tam-tam/jam-jam". *Cf.* André Guyaux (éd.), *Rimbaud, Œuvres Complètes*, op. cit., p. 65, 119.

④ Arthur Rimbaud, *Lettre à Paul Demeny* (15 mai 1871), art. cit., p. 342. 兰波在信中附诗边上纵向写下了这句话。

个大写的元音字母都作为完整的、独立的音节出现,作为"元"的元音从作为"辅"的辅音中解放出来。诗歌最后三行回到了元音 O 上(按照字母顺序,U 在 O 之后),对形式一贯严格的兰波明显有意为之:O 不但是作品歌咏的对象,又是西方抒情诗最常用的感叹。魏尔伦在编录这首诗时似乎洞察到作者的用意,挪去了 Ô 上的长音符,把感叹词改回元音字母。一八七一到一八七二年,兰波的几首诗被收入魏尔伦编纂的《诅咒集》。这本诗集汇聚了一批向传统发起挑战的青年诗人,他们的作品大多诞生于拉丁区的小酒馆,根据其中一位回忆,有些诗是"一边抽烟一边写成的"[①]。诗集收录的兰波作品部分已经残缺,其中一首只剩句尾[②],还有些诗作同时署上了兰波及其好友的名字,创作时间也不可考。正是这部残缺的诗集中,兰波的诗歌语言发生了重大转变,《罗马见闻》(*Vu à Rome*)与《醉酒的马车夫》(*Cocher ivre*)尤其具有代表性,前一首诗奇数行九个音节,偶数行十个音节,后一首诗每行只有一个音节。奇数音节和单音节诗句代表

[①] André Guyaux (éd.), *Rimbaud, Œuvres Complètes*, op. cit., p. 878.
[②] 在一首现已残缺的诗歌中,兰波把"利未人的""臀部""中风的""木钵"等词大胆地写进诗歌的韵律中。

了兰波诗歌语言的两个走向——散文①与歌谣。

相比十、十二和十四音节,九音节的诗句无法被分成均等的两部分,如果分成三部分,每部分的音节数量又太少②,顿挫一定会落在 4/5 或者 5/4 的位置,不平衡的音节数量让诗歌在一步长、一步短中交替前行。兰波创作生涯的最后几年写过一些十一音节的作品,十一音节比九音节更为特别,它不仅无法二等分,而且顿挫的位置千变万化,一行诗句甚至可以出现双顿挫③。顿挫前后滑动带来内部节奏的错落,长短不一的节奏赋予诗歌以散文的气息,有学者将其称为"散体诗";换言之,直观上长度整齐的作品其内部节奏已经被打散,雅克·布巴尔(Jacques Boubard)与让-皮埃尔·博比约(Jean-Pierre

---

① 米歇尔·缪拉教授将兰波的散体诗细分为"poème en prose"(散文诗)与"poésie non versifiée"(非诗行诗)。原因在于,《彩图集》收录的短文很多以含韵散文的形式写成,部分作品很难区分是排进散文结构的拆散的诗歌,还是以非整齐诗句写成的诗歌作品。根据现存于法国国家图书馆的《彩图集》手稿,兰波手稿的开本很小,类似《出发》(*Départ*)的短文具备诗歌的样貌但不押韵,印刷本的《兰波全集》由于字体的限制很难再现作品被创作时的形式。参见 Michel Murat, *L'art de Rimbaud*, *op. cit.*, p. 195。兰波手稿照片可参照 http://gallica.bnf.fr/ark:/12148/btv1b8451618h/f32.item.

② 兰波曾写过"Ithyphalliques et pioupiesques/ Ô flots abracadabrantesques",包含五音节与七音节的单词。

③ Michel Murat, *L'art de Rimbaud*, *op. cit.*, p. 102.

Bobillot)认为这些作品是"诗句写成的散文"①。不可否认的是,无论"散体诗"还是"诗句写成的散文",都将诗歌与散文分别放在形式与内容的范畴中去认识兰波这一阶段的作品,然而兰波作品兼有诗歌的抒情和散文的叙事性恰恰体现了这种体式的新意所在。正如他给德梅尼写道:"这就是站在诗歌未来的散文。"②单音节诗句③是另一种尝试,它赋予诗歌纵向的意义排布,用最少的音节为韵律创造了最大的空间。每行诗句只有一个音节、一个韵律,诗的韵律就是结构本身,它构成兰波的诗歌语言探索的另一个极点。

一八七二年之后,兰波创作了一系列诗句长短错落的作品,安德列·纪尧称之为"自由诗"④,这种说法引发了许多讨论。原因在于,兰波诗歌同时触及了诗歌语言

---

① Bertrand Marchal (éd.), *Rimbaud. Tradition et modernité*, Paris, Éditions InterUniversitaires, 1992, p. 19.

② Arthur Rimbaud, *Lettre à Paul Demeny* (15 mai 1871), art. cit., p. 343.

③ 让·絮佩维埃尔著、洪涛译,《〈法国诗学的历史及其理论〉选译》,参见郑克鲁主编,《女性的光辉》,成都:四川文艺出版社,1988年,第362页。

④ Pierre Brunel, *Éclats de la violence*, *Pour une lecture comparatiste des* Illuminations *d'Arthur Rimbaud*, Paris, José Corti, 2004, p. 446.

的形式、韵律和抒情传统的问题。立足文学史的批评认为,"自由"一词暗指新的诗体有别于传统的体式,然而"自由诗"实际早已成为诗歌传统的一部分。立足语言学的批评认为,这种诗体与散体诗具有时间与形式上的连贯性,被称作"自由诗"的文本内部具有严密的结构①。皮埃尔·布吕奈尔(Pierre Brunel)为了避免人为的时间分割破坏对兰波创作连贯性的认识,他特别提到:"为了消解这个不同流派争论的问题——问题本身比派别更重要,我们可以这样说:《航海》是第一首用诗句写成的散文诗,《运动》是所有散文诗中最后一首用完整诗句写成的诗。"②

兰波这一阶段的创作并非无迹可循。首先,诗歌的押韵方式发生转变,押韵的位置前移,不少作品采用半押韵与头韵;其次,诗节的切分更长或更短,部分作品每节两行,部分作品无明确的切分。鉴于此,研究诗歌格律的学者伯努瓦·德·科尔尼利耶(Benoît de Cornulier)比较兰波作品与传统歌谣,提出"歌谣格律的文学化"的概念③。

---

① Michel Murat, *L'art de Rimbaud*, op. cit., p. 347.
② Pierre Brunel, *Éclats de la violence, Pour une lecture comparatiste des* Illuminations *d'Arthur Rimbaud*, op. cit., p. 712.
③ Benoît de Cornulier, *De la métrique à l'interprétation. Essais sur Rimbaud*, Paris, Classiques Garnier, 2009, pp. 213—298.

值得注意的是，二〇〇六年拍卖的《哦季节，哦城堡》(*Ô saisons，ô châteaux*)手稿与本诗的其他两版手稿[①]还原了这部作品从诗歌向歌谣的演变历程。兰波在第二版手稿中删除了诗的题铭，在出版《地狱一季》时把全诗改成每节两行。对于法国诗歌来说，题铭作为诗歌的副文本具有双重价值，它可以作为作品的致敬，亦可作为阐释的钥匙[②]，虽然不属于必需的结构，但凡出现一定有相当的意义。这首诗第一版手稿的题铭里写道："只是想说这什么都不是，生命/迎来了四季。"兰波既没有学习奈瓦尔在题铭中致敬诗坛先辈，也未模仿波德莱尔用题铭为诗文穿针引线，摘下诗歌的"帽子"是他走向歌谣的第一步。

[①] 二〇〇六年六月二十日，法国皮埃尔·贝莱斯书店基金会拍卖了兰波十二首诗歌的手稿，其中包括《哦季节，哦城堡》，手稿见 http://www.bibliorare.com/vente-beres-juin-2006.htm。该诗第二份手稿的印刷版见 Claude Jeancolas, *Rimbaud, L'œuvre intégrale manuscrite*, Paris, Les éditions Textuel, 2004, p. 309。安德列·纪尧编纂的《兰波全集》借鉴的是《地狱一季》出版的版本，即第三份手稿，见 André Guyaux, "Entre Prose et Vers", *Rimbaud Tradition et modernité*, éd. Bertrand Marchal, *op. cit.*, p. 269。

[②] 与兰波同世纪的诗人奈瓦尔经常在题铭中直接或间接引用经典作品，尤其是维吉尔。此外，雨果尤其擅用题铭作为作品的题眼。伊夫·博纳富瓦在谈到兰波时提到"阐释的钥匙"的说法，随后经朗西埃引用。参见雅克·朗西埃著，朱康、朱雨、黄锐杰译，《词语的肉身》，西安：西北大学出版社，2015年，第90页。

《哦季节,哦城堡》与歌谣之间存在更深层次的联系。简单句"哦季节,哦城堡"在最初版本的二十一行诗句中一共出现了四次,类似歌谣中的副歌。《地狱一季》中的版本每个诗节分别是六音节与七音节(上下顺序有变),诗句开头绝大多数是开口音①,它们构成了每行诗句的重音结构,六音节诗句采用了"强-弱-弱,强-弱-弱"的重音结构,七音节诗句采用了"强-弱-弱-弱,次强-弱-弱"的重音结构。在清晰的结构与简单的发音之外,传统歌谣容易记忆、便于流传的原因在于重复或者循环的韵律。《哦季节,哦城堡》的最终版本两行一韵,每一节的尾韵都出现在下一节的诗句中间,类似韵律的嵌套结构,每个诗节的尾韵都能在下一节诗歌中找到"回响",构成了内在的旋律。在作品最终版本,全诗第一节中间出现了最后一节的尾韵,抒情诗像歌谣一样可以通过首尾连接反复吟唱。可见,兰波寻找的新抒情是在拆解诗歌语言的结构之后,在诗歌内部发现的、由韵律组成的抒情本身,是诗歌语言的音乐性,更是"音调与张力的序列,无法再依托于词

---

① 诗句开头有"Ô""âme""bonheur""Salut""Ah""charme""Sera"等。见 André Guyaux, *Rimbaud*, *Œuvres Complètes*, *op. cit.*, p. 109, 269。

语的意义"①。正是在这个意义上,兰波才完成了"对于所有意义的打破",进而"发明了一整套诗的语言"②。

兰波诗歌的审美关系与抒情传统

《醉舟》写道:"我看见低垂的落日[……]我梦见雪花纷飞[……]我看见大片的沼泽[……]我看见恒星的群岛[……]。"作为写作主体的"我"是创作事实,但作为诗歌抒情主体的"我"直到十八、十九世纪才出现。威廉·布莱克(William Blake)的"我看见每个过往的行人"、歌德的"它热烈的目光/永远关注我,激起我的诗情,使我词顺意达"、雨果的"从所有极度欢乐的目光/我看见迸发出喜悦的光芒"、波德莱尔的"我看见了一只天鹅"③等诗句把抒情主体"我"

---

① 胡戈·弗里德里希著、李双志译,《现代诗歌的结构:19世纪中期至20世纪中期的抒情诗》,南京:译林出版社,2010年,第15页。

② 《地狱一季》,王道乾译,载于胡小跃编,《世界诗库》(第3卷《法国·荷兰·比利时》),广州:花城出版社,1994年,第356页。

③ 布莱克著、王佐良译,《王佐良全集》(第六卷《英国文学论文集》),北京:外语教学与研究出版社,2016年,第75页;歌德著、杨武能译,《迷娘曲(歌德精选集)》,石家庄:河北教育出版社,2015年,第284页;勃兰兑斯著、李宗杰译,《十九世纪文学主流》(第5分册《法国的浪漫派》),北京:人民文学出版社,1982年,第114页;波德莱尔著、郭宏安译,《恶之花:波德莱尔精选集》,北京:北京工业大学出版社,2015年,第120页。

与目光联系在一起。与"我"一道出现的目光两头连接着作品与现实,它的出现化解了主观的诗与客观的诗之间的绝对对立,如保尔·瓦莱里(Paul Valéry)所言,"我所看见的东西像我看见它们一样看见我"①。兰波不仅在诗中写"我看见",还把"看见"作为诗人的使命,他在给德梅尼的信中写道:"诗人首先要成为通灵人(正在看见的人)。"

"通灵人"(voyant)的名称有数种翻译方法:"慧眼人"②"通灵者"③"预见者"和"凝视"④。Voyant 首先作为"看见"的现在分词,体现的是诗人、诗作与现实之间动态的审美关系,这种关系可以上溯至十八世纪法国思想家狄德罗。狄德罗在《一七六七年沙龙随笔》中通过讨论理念、事物、画作⑤的关系,质疑"再现"的说法,凸显了艺术家的核心地位⑥,倡导模仿具有概括意义的形象。狄德

---

① 本雅明著,张旭东、魏文生译,《发达资本主义时代的抒情诗人——论波德莱尔》,上海:生活·读书·新知三联书店,2007年,第181页。
② 《柳鸣九文集》(卷6《法国文学史》下),前揭,第425页。
③ 秦海鹰译,《兰波的〈地狱一季〉》,载于兰波著、王道乾译,《地狱一季》,广州:花城出版社,1991年,第15页。
④ 《词语的肉身》,前揭,第90页。
⑤ 法语原文写作 idée générale, chose individuelle, tableau du peintre,见 Denis Diderot, *Œuvres de Denis Diderot*, Paris, Librairie J. L. J. Brière, 1821, t. II, 1821, p. 13。
⑥ 凌继尧著,《西方美学史》,上海:学林出版社,2013年,第291—292页。

罗的观点实际上为象征提供了方法,让诗歌在比喻、类比之外寻求非线性、动态的关系。"正在看见的人"是艺术家与作品的连接通道,"看见"有别于浪漫主义式的想象,"正在看见"不同于现实主义追求的客观,它所缔结的"诗歌—正在看见的人—作品"三元关系不同于自然主义的记录式的写照。文学史家在辨认由魏尔伦、兰波、斯蒂凡·马拉美(Stéphane Mallarmé)代表的"象征主义"时将这个流派总结为"相互类比、交叉感应、变化无穷"[①],而兰波"正在看见的人"指的是十九世纪法国诗歌在突破语言结构之后找到的非线性指称关系。

关于"正在看见的人"体现出的创作与现实之间的关系转变,兰波用新抒情书写十九世纪的革命便是最好的证明。兰波突出诗歌语言的地位、改变诗歌形式和节奏的做法影响了十九到二十世纪初的法国诗歌。一方面,诗歌韵律与意义松绑在诗人纪尧姆·阿波利奈尔(Guillaume Apollinaire)的作品中被发挥到极致,法语诗歌不但能像"瓦尔米的亡灵,弗洛吕的亡灵,意大利的亡灵"一样表现意义上的直观,还能像阿波利奈尔的作品

---

① 韦勒克著,刘象愚、杨德友译,《辨异:续〈批评的诸种概念〉》,上海:上海人民出版社,2015年,第105页。

一样提供形式上的直观——超现实主义的作品本身创造了可以被文字形象记录的现实。另一方面,兰波的诗歌对于元音的重视,使得诗歌在元音串联的节奏之上发现了与歌咏贯通的音乐性,保罗·艾吕雅(Paul Éluard)、鲍里斯·维昂(Boris Vian)、乔治·佩雷克(Georges Pérec)等诗人在诗与歌词中找了巧妙的平衡。值得注意的是,诗歌通向音乐不完全是世俗化的体现,艾吕雅等人的作品都具有鲜明的时代底色[①],阐述了重要的历史命题,可以看成具备新抒情方式的时代话语。我们可以从这个角度重新解读朗西埃对兰波的评价:"[……]有少数一些人,首先是兰波,已通过书写为我们把这个世纪确定了下来;因为兰波已在诗篇的谋篇中,容纳了他的世纪的所有维度和所有主要方向,他已经书写了他的世纪的密码。"[②]"正在看见"的目光首先是历史的"凝视"。

然而,"通灵人"兰波一直行走在民族历史与文学传统并行的轨道上。他的诗作不仅用抒情记录历史,还有

---

① 譬如,艾吕雅的《自由》(*Liberté*),维昂的《逃兵》(*Le Déserteur*),佩雷克的《臣服吧,我的悲伤》(*Sois soumis, mon chagrin*)。
② 《词语的肉身》,前揭,第79页。

内化于作品的文学传统。在给德梅尼的信中,兰波这样写道:"所有的古代诗歌都通向古希腊诗歌,和谐的生命。从古希腊到浪漫主义运动时期,中世纪,诞生了许多文学家,许多写诗的人。[……]一切都是用带韵散文写成的,像儿戏一样被一代代愚蠢的人用来用去,引以为豪;拉辛是纯粹的、勇敢的、伟大的。[……]拉辛之后,许久未有人玩这样的游戏。前后有两千年的时间了!"①

对十九世纪的法国来说,两千年应该上溯到诗人维吉尔的时代。《春天》中的"你将成为诗人"②呼应维吉尔的《埃涅阿斯纪》,《新年已至》中的"沉浸在欢笑与美梦中"(*risu somnoque sepultus*)直接引用《埃涅阿斯纪》中的"沉浸在美酒与美梦中"(*somno vinoque sepultam*)。隐藏在诗歌中的维吉尔和贺拉斯③为兰波提供了清晰的坐标,他们的作品不断地为兰波的创作提供灵感。据德

---

① Arthur Rimbaud, *Lettre à Paul Demeny* (15 mai 1871), art. cit., p. 343.
② 法语原文"*Tu vates eris*",见"*Tu Marcellus eris*", *Énéide*, VI, v. 883。
③ "*Spiritum Phœbus midi, Phœbus artem*", Horace: II, xx, et IV, vi, v. 29—30.

拉艾回忆,兰波在动身赶赴巴黎前夜把《醉舟》读给他听,说"作这首诗是要把它呈给巴黎的人"①。这首"呈给巴黎的人"的诗中丝毫没有出现波德莱尔《巴黎图景》中的都市面貌②——故事发生在"半岛"上,主人公面前是"沉沉的河水","偶尔漂来浮尸",主人公在"海洋中降服猛兽",眼前有"金鸟"掠过。兰波的"醉舟"一路南下,通往意大利诗人但丁笔下的地狱:拉着船的纤夫是弗勒古阿斯,面对着斯堤克斯河,乘船穿过第五层地狱的"沼泽",路过第六层地狱看见异教徒的"尸体",到达第七层遭遇"猛兽"米诺陶洛斯,"虫蛀的巨蟒"是第八层地狱里欺诈者的化身,飞来的"金鸟"是炼狱里有"黄金色的羽毛"③的鹰,仿佛站在斯堤克斯河面前的不是但丁,而是诗人自己。当然,《神曲》中指引但丁穿过地狱的人,就是诗人维吉尔。

在醉舟背后、水天之间的远景里,隐隐闪烁着另一幅古代史诗的画面。古希腊诗人荷马通过史诗《奥德修纪》

---

① André Guyaux(éd.), *Rimbaud, Œuvres Complètes*, *op. cit.*, p. 868.
② 《发达资本主义时代的抒情诗人》,前揭,第115页。
③ 但丁著、王维克译,《神曲》,北京:人民文学出版社,1996年,第198页。

讲述了英雄奥德修斯历经十年漂泊重返故乡的故事。史诗中奥德修斯的船栖息于"波浪"之上,他的肩旁是散落的"星河",奥德修斯在路上看见了"从山上缓缓流下的雪",想起了与阿基琉斯的"争吵",遭遇与不测耗尽了他的"精力"与"勇气"。兰波把奥德修斯的十年归途"安排在一个视像空间之内"①。醉舟"在波浪上舞蹈",我"静静地吮吸着群星的乳汁",梦中看见了"雪花""冰川,银亮的阳光",听到了"纷乱的鸟叫",起伏跌宕的我既"无力"又"无心";身边"双膝下跪的少妇"和"铁锚与船舵"被冲散的醉舟,是阿尔喀诺俄斯的妻子和他为奥德修斯专门打造的没有船桨、没有船舵的船②。

《醉舟》同时映射两部文学经典,近景的但丁与远景的奥德修斯构成了双重的映射空间。文学史和文学批评注重兰波的"象征主义诗人"身份③,"正在看见"的目

---

① 《词语的肉身》,前揭,第81页。与兰波同世纪的诗人、法兰西学院院士勒贡特・德・里勒(Leconte de Lisle)曾将《奥德修纪》译成法语,法译本于一八六七年出版。

② 荷马著、杨宪益译,《奥德修纪》,上海:上海译文出版社,1979年,第132页。

③ 熊辉,《百年中国对兰波的译介与形象建构》,《广东社会科学》,2015年第5期,第170—177页;傅华,《谱系、形象与病的隐喻——当代诗歌对兰波的接受与过滤》,《当代文坛》,2014年第1期,第102—106页。

光能为思考"象征主义的象征与常用象征有何区别"的问题作出形象的回答。《宫中侍女》①中画家、画作与模特大约等同于兰波的"正在看见的人"、作品与现实,任意两者之间都有相互的关系。三者之间非线性的审美关系把作为"正在看见的人"带入了作品与现实之间,使其成为具备能动性的环节。"正在看见的人"可以是波德莱尔把现实中的丑与恶作为审美对象写进作品,可以是马拉美用诗歌超越作为审美对象的现实,也可以是瓦莱里把现实之外的哲学思考写入诗歌。兰波的象征首先由韵律组成,语音与意义之间不具备截然的一一对应关系,"醉舟"因此才能构建出同时呼应两部经典的诗歌空间。

在相互交叉的对话空间,作为象征的经典在兰波的作品中不断闪回,直至诗歌成为对经典的重写,后人的重写又把兰波镌刻在十九世纪法国文学传统之中。二十世纪许多法国文学作品以兰波为灵感,其中朱利安·格拉克(Julien Gracq)对兰波的征用最具代表性[2]。格拉克采

---

① 米歇尔·福柯著、莫伟民译,《词与物》,上海:上海三联书店,2001年,第3—8页。

② Yves Vadé, *Le poème en prose et ses territoires*, Paris, Belin, 1996, p. 146.

用三种方式:一是直接引用,二是把诗歌改写成小说情节,最特殊的是在《晨间散步》中描写主人公晨间的思考,格拉克借用了兰波诗歌《晨思》(*Bonne pensée du matin*)中从沉思开篇、由沉思引出抒情、再转入沉思的体验①。这种方式与兰波对话荷马和但丁的方式不谋而合,两人从符号的提取转向审美体验的借用,让读者在辨认过往作品的符号时,突然感受到似曾相识的情感波动,让文学作品突然开放,成为读者、"正在看的人"与另一位灵魂的共同记忆。魏尔伦在整理《醉舟》(*Le Bateau ivre*)时拟把诗题改为《奇异之舟》(*Le Bateau extravagant*),后来又改回。或许他在节奏与韵律的步调之外,发现了另一种文学与现实之间的"醉"意:奥德修斯乘的是穿越险阻的凯旋之帆,但丁乘的是漂向炼狱的万劫之舟,作者不知"诗"和"诗人"去往何方,他的生活现实是开往革命的隆隆列车。

"诗"该去往何方不是兰波回答的问题,但他敏锐地察觉到法国诗歌当时面临的危机。拉辛(Jean Racine)和

---

① Odile Bombarde, "Repères de Rimbaud dans l'œuvre de Julien Gracq," in *Revue d'Histoire littéraire de la France*, 1984, n. 4, p. 553—560.

高乃依(Pierre Corneille)以来用诗歌写成的戏剧面临着"现代性的危机",它遭遇了象征现代性的散文的挑战,雨果开始用散文创作戏剧①,司汤达用散文创作的《拉辛与莎士比亚》代表着浪漫主义与古典主义之间的断裂②,大仲马的大多数戏剧作品也是用散文写成的③;史诗面临着"叙事的危机",它作为长篇的叙事题材逐渐被小说取代,直到十九世纪末史诗几乎消失在文学的视野中。同样经历"诗的危机"的还有法国抒情诗,抒情诗在法国大革命之后经历了低潮,它得以惊险度过危机不仅在于以雨果为代表的法国诗人坚持创作,从英美和德国翻译来的抒情诗也给予了十九世纪的法国以灵感④。

波德莱尔在翻译爱伦·坡(Edgar Allan Poe)的诗歌之外还了翻译一些歌曲,他在写给当时法国艺术评论家泰

---

① 柳鸣九著,《柳鸣九文集》(卷3《走进雨果》),深圳:海天出版社,2015年,第25页。

② "这些悲剧应当用散文写",引自《〈拉辛与莎士比亚〉译后记》,李健吾著,《李健吾文集》(文论 卷四),太原:北岳文艺出版社,2016年,第492页。

③ 郑克鲁著,《法国文学论集》,桂林:漓江出版社,1982年,第192页。

④ Christopher Prendergast, *Nineteenth-Century French Poetry: Introductions to Close Reading*, Cambridge, Cambridge University Press, 1990, p. 3.

奥菲尔·多雷（Théodore Thoré）的信中说："大家都认为我在模仿爱伦·坡。"①不可否认，讨论"模仿"的前提是坡的作品在当时所具备的独特性，还有波德莱尔与坡之间的相通之处。波德莱尔一八七一年翻译了爱伦·坡的《乌鸦》之后，兰波在一八七二年用法语写了《乌鸦》，一八七五年爱伦·坡的诗被马拉美重译②。爱伦·坡的《乌鸦》与兰波的作品讲述了类似的情节，但坡的作品对于死亡的思考伴随着永不复生的绝望，兰波笔下的乌鸦是与一八七○年法国战败相联系的，诗人的目光停留在眼前的田野，创作的一到两年前这里还是战败的战场（法语中与"田野"为同一单词）。与兰波同时代的法国诗人热拉尔·德·奈瓦尔（Gérard de Nerval）也有类似的创作方法。他被安德烈·布勒东（André Breton）看作"先驱诗人"，奈瓦尔之所以被称作"现代"，一是因为他的作品中古代悲剧中的英雄与城邦、半神与宇宙的关系，逐渐变为象征着自由与秩序的个体与社会之间的关系，在神话为主题的诗歌中提升个体的价值；二是奈瓦尔从古代神话中提取原型，暗指在被基督

---

① Léon Rosenthal, *Manet, aqua fortiste et lithographe*, Paris, Le Goupy, 1925, p. 111.

② Stéphane Mallarmé, *Corbeau par Edgar Poe*, Paris, Richard Lesclide, 1875.

教统摄的欧洲大陆仍然沉睡着异教的火种。在普鲁斯特看来,这种抒情方式与抒情对象的反差"根本不是什么精雕细琢,倒更像'滚滚波涛'"①。

兰波创作后期的《彩图集》的"彩图"二字像在回应奈瓦尔的"幻象"。在基督教传统中,"幻象"类似征兆,短暂而不停留,"彩图"(illumination)一词意为突然的觉醒。《彩图集》的第一篇文章《洪水之后》回答了自己的问题。波德莱尔在信中说:"你问我有什么创造的时候,我就想起了之前有一位 R 姓先生(很有魅力的朋友)问我的问题,'你创造了什么?'"他的回答是:"他给人深刻的印象,他是活生生的人,他看见了!"②正是在古代悲剧诗歌、基督教与异教不平衡力量对抗、诗歌命运与国家命运逐渐相融的交汇处,"正在看见的人"才具备了"通灵"的含义:与作为先辈的古代悲剧诗歌直接对话,与作为基督教中异教徒所在"地狱"中的人直接交流③,作为先知预示着

---

① 普鲁斯特著、张小鲁译,《偏见》,上海:上海文艺出版社,2016年,第 330 页。
② Eugène Crépet, *Charles Baudelaire*, Paris, Librairie Léon Vanier, 1906, p.470.
③ 兰波作品中多处引用《圣经》,尤其是《约翰福音》。参见 Pierre Brunel, *Rimbaud, Projets et réalisations*, *op. cit.*, p.189。

命运共同体的诞生。在这个意义上,兰波从改变诗歌语言到参与诗歌的变革,才能"继波德莱尔之后,为现代诗歌指出另一个新方向,开辟一个新天地"[①]。

结语:兰波与"相互的阅读"

兰波的生命只有三十七年,文学创作不过前后五六年,生前出版的作品寥寥无几。他的诗歌用新抒情延续了古代史诗的想象,融入了同时代的象征,用独特的诗歌语言引发了创作的转变,酝酿着新诗的诞生。"正在看见的人"回应了从古希腊延续到十八世纪关于"美"的讨论,"慧眼"见证并记录了民族记忆,"通灵"映照出十九世纪诗歌的命运。诚然,兰波的每一首诗歌作品在各自的文学空间里都是拒绝批评的,因为诗情与诗才超越了语言的美感与意义,正因如此,它开启了一个更为广阔的批评与虚构的空间。这个空间一直延续到兰波辞世之后的一百五十多年,相关研究随着手稿的发现、人物传记的面世不断地试图接近那位生活于十九世纪的兰波。

---

① 《柳鸣九文集》(卷6《法国文学史》下),前揭,第431页。

兰波留下的谜语还有很多,这位诗人有一段让后人立传都会跌进阐释陷阱的人生。纪尧教授编纂《兰波全集》时,在兰波生平中添上了魏尔伦的婚姻,再到二〇一七年,伽利玛出版社出版了按时间顺序对位阅读兰波和魏尔伦作品的诗集,取题《地狱合奏 生命与诗歌》①。书名中的"地狱"是《地狱一季》中的"地狱",是《醉舟》中借但丁目光看见的地狱,也是兰波颠沛一生的缩影;"合奏"不仅指并置两人同时间的作品、让文学成为相互的阅读,也是对兰波作品和生活史的一次整体的考察。兰波的影响或许在于,他参与的文学运动与他引发的诗的革命已经逐渐褪色,甚至隐埋在法国文学传统的底色中,不够出众也很难辨认,却总能召唤读者、作家与兰波共有的文学记忆。

鸷 龙

2024 年 5 月

---

① Solenn Dupas, Yann Frémy, Henri Scepi, *Un concert d'enfers*, *vies et poésies*, Paris, Gallimard, «Collection Quatro», 1856 *pages*.

图书在版编目(CIP)数据

兰波这小子/(法)皮埃尔·米雄著;鹜龙译.
上海:华东师范大学出版社,2024. --(传记式
虚构系列). --ISBN 978 - 7 - 5760 - 5142 - 1

Ⅰ.I565.45

中国国家版本馆 CIP 数据核字第 20241UX367 号

华东师范大学出版社六点分社
企划人 倪为国

传记式虚构系列
兰波这小子

主　　编	张何之
著　　者	(法)皮埃尔·米雄
译　　者	鹜龙
责任编辑	高建红　卢荻
责任校对	古冈
封面设计	吴元瑛

出版发行	华东师范大学出版社
社　　址	上海市中山北路 3663 号　邮编　200062
网　　址	www.ecnupress.com.cn
电　　话	021 - 60821666　行政传真　021 - 62572105
客服电话	021 - 62865537
门市(邮购)电话	021 - 62869887
地　　址	上海市中山北路 3663 号华东师范大学校内先锋路口
网　　店	http://hdsdcbs.tmall.com
印　刷　者	上海景条印刷有限公司
开　　本	787×1092　1/32
印　　张	4.5
字　　数	65 千字
版　　次	2025 年 2 月第 1 版
印　　次	2025 年 2 月第 1 次
书　　号	ISBN 978 - 7 - 5760 - 5142 - 1
定　　价	58.00 元

出版人　王　焰

(如发现本版图书有印订质量问题,请寄回本社客户中心调换或电话 021-62865537 联系)

RIMBAUD LE FILS
by Pierre MICHON
Copyright © Éditions GALLIMARD, 1991
Published by arrangement with Éditions GALLIMARD
Simplified Chinese translation copyright © 2025 by East China Normal University Press Ltd.
ALL RIGHTS RESERVED
上海市版权局著作权合同登记　图字:09-2019-551号